まるせい
ill チワワ丸

生贄になった俺が、なぜか邪神を滅ぼしてしまった件4

モンスター文庫

「私は……ローズよ」
ローズ

サラ

「うっさいわね」

「ローズはいつもずるかったのですっ！」
マリー

「エルト様とキスしたいです！」
ローラ

生贄になった俺が、なぜか邪神を滅ぼしてしまった件④

まるせい

MONSTER bunko

CONTENTS

プロローグ

世界は間違っている。

弱者は虐げられ、強者に搾取され続ける。

戦争がなければ、両親は死ぬことはなかった。

邪神がいなければ、妹が生贄になることはなかった。

すべては私に力がないからこそ、間違えているのに正せない。

そうだ、力を手に入れよう。

誰にも負けない。国家にも、デーモンロードにも、邪神にも負けない圧倒的な力が必要だ。

そのための鍵は手の中にある。

これさえあれば、圧倒的な力を手に入れることができる。

ふと、一人の青年の姿が浮かぶ。

聖人と呼ばれる青年。先にあげた邪悪なる者を葬った、現時点で人類最強の力を持つ者。

もしかするとその青年が立ち塞がるかもしれない。

それでも、私は力を求める。

自分の大切な者を奪い、今もなお弱者を踏み躙り続ける者がいる限り……。

一章

絨毯には幾重にも魔法陣が張り巡らされ、内外から魔法による干渉を防ぐことができる。壁が分厚く、この部屋のみが隔離されているので、いかなる方法を用いてもここでの会話を盗み聞きするのは不可能らしい。

そんな、国家機密を話し合うために作られた部屋には、現在、重苦しい雰囲気が漂っていた。

「それで、重大な話だと言うからこの場所を用意したのだが、もしかするとグロリザル王国も絡んだ事件が発生したのか？」

目の前にいる黒髭を蓄えた中年の男性、彼は俺が住んでいるイルクーツの国王、ジャムガンさんだ。

「いえ、そのような話はなかったはずです。そもそも、俺もこいつに呼び出されただけですからね」

ジャムガンさんが視線を向けた先で、一人の男がソファーに腰掛けていた。

整った容姿に切れ長の瞳、鮮やかな緑の髪を背に流している、グロリザル王国のレオン王子だ。

二国は同盟を結んでおり、それぞれの国のトップがこの場に集っているわけだが、二人は俺を見ると怪訝な表情を浮かべた。

「本日、二人を呼び出したのは俺です。どうしても聞いて欲しい相談があったもので」

そう、そのような重要人物でもなければできない話があるのだ。

「エルト君の話……だと？」

「お前がそんな顔をするような事態に、俺たちを巻き込むつもりなのか？」

二人の困惑した顔が目に映る。というのも、最近、俺は悩みのせいでよく眠れておらず、疲労が表に出ていたからだ。

「ええ、この情報は取り扱いに細心の注意を払わなければならない上、一つ間違えると（俺が）破滅するので、是非二人には意見を聞かせてもらえたらと思いまして……」

そう前置きをすると、二人はゴクリと喉を鳴らした。

「あの邪神殺しが解決できない要件か……」

「悪魔王殺しが破滅する状況……」

ジャムガンさんとレオンが納得してくれたところで、俺は両腕を組み、順番に二人と目を合わせると重い口を動かした。

「実は同時に複数の女性から告白を受けて、どうしたらいいかわからないんです！」

「「そんなことで相談してくるなっ‼」」

次の瞬間、二人はテーブルを叩くと物凄い剣幕で俺を怒鳴りつけた。

「それで、詳しく話してみろよ」

ソファーに深く腰掛け左手を握り頬を傾けると、レオンが俺に右手のてのひらを扇いだ。先程までの真剣に聞く態度ではなく、適当に流しそうな雰囲気を醸し出している。

俺はチラリとジャムガンさんを見る。こちらはレオンと違い、険しい表情を浮かべながら俺を睨んでいる。

無理もない。今回の相談、ジャムガンさんも決して無関係ではないからだ。

俺は溜息を吐くと、ことの経緯を順を追って二人に説明し始めた。

「俺がデーモンロードを倒した後の話になるんですが……」

「となると、今からちょうど一ヶ月前だな？」

ジャムガンさんは髭を撫でると俺に確認してきた。

今から一ヶ月前、俺は行方不明になったアリシアを探すため、デーモンロードが罠を仕掛けている場所に赴き、ギリギリのところでやつを倒し、アリシアを救い出した。

俺がはっきりしないため、アリシアを含め周囲を傷つけてしまい、イルクーツに戻った際、皆に謝罪したのだが、その時にとてつもない爆弾発言を投げつけられた。その内容が……。

「その時に、アリスとローラの両名に愛の告白をされてしまいまして……」

俺はジャムガンさんの表情を伺う。今名前を上げた両名は彼が溺愛する娘たち、イルクーツの第一王女と第二王女だったからだ。

「まじかよ、元々好意があるのは知っていたが……、随分と大胆な行動をとったものだな」

楽しそうな声を出すと前のめりになるレオン。渦中の俺にとっては笑える事態ではないのだが……。

「……なるほど、な」

俺がレオンを睨んでいると、ジャムガンさんが納得した様子でこちらを見た。

「つまり、今後王城に後宮を用意する段取りをして欲しいという相談で相違ないな？」

ジャムガンさんの鋭い眼光が俺を射抜く。

「……いえ、相違あります」

俺は疲れた様子で、ジャムガンさんの見当はずれな提案を否定する。これでまだ話の半分も終わっていないというのだから気が重い。

「その後で、アリシアからも告白されて、その動きを察したのか……セレナも今までより積極的になってきて……」

これまでは、好意を向けられることはあったが、そこまで露骨ではなかった。

アリシアは、しょっちゅう屋敷を訪ねてきて俺を外に連れ出そうとするし、セレナも一緒にすごす時間が増えた。

俺がいかに彼女たちからのアピールに圧されているか話して聞かせると、

「まさに女の敵ってやつだな」

レオンが俺の心を抉る一言を放つ。

「おいっ！」

あまりにも歯に衣着せぬ言い方に俺はレオンを咎める。

「そもそも女性の敵だと言うのならレオンもだろ？　お前の女性関係の噂についてはシャーリーさんやローラからも聞いている」

側面のソファーに座るこの男との付き合いはまだ半年にも満たないが、それでも女性関係の噂は婚約者のシャーリーさんや、グロリザル王国に留学していたローラから聞き及んでいる。

レオンだけは俺を責める資格はない。

「俺はその辺はきっちりしているからな。相手にも最初から『遊びの関係』と告げている。事実、婚約してからはシャーリー一筋だ」

勝ち誇った笑みを浮かべるレオン、あまりにも悪びれることなく言い切るので、王族の恋愛事情に疎い俺にはそれが当然のことなのかと考えると、言い返すことができなかった。

「それで、後宮の申請でないとすると、どういった相談だ？　以前、酒の席ではあるがこの話をしていたはずだが？」

ジャムガンさんは「よもや断るつもりか？」とばかりに目で圧力をかけてくる。

「英雄色を好むと言うだろう？　王侯貴族には一夫多妻が認められている。全員を娶ればいいだけじゃないか？」

レオンは気軽な様子でそう言うと目の前で手をブラブラ動かした。

「それができれば苦労はしない」

アリシアはもとより、アリスもローラもセレナも、俺なんかには勿体ない程の素晴らしい女性だ。

正直好意はあるのだが、あまりにも目まぐるしく動く状況の中で、これが愛情なのか友情から来る好意なのか判断がつかないのだ。

俺の心が曖昧な状態で、彼女たちを受け入れるわけにはいかない。俺は二人にそう告げるのだが……。

「ふむ、とりあえずで付き合おうとしない辺り誠実ではある。俺は、エルト君のその不器用な部分は嫌いではないが、このままだとまずいことになるぞ」

「それはどういう意味でしょうか？」

俺は喉を鳴らすと、アゴ髭を撫でるジャムガンさんに話の続きを促した。

「話を聞く限り、エルト君が告白を受けてから一ヶ月、結論を先延ばしにいるようだが、その間も女性たちは君の答えを待っていることを忘れてはいけない」

確かに告白を受けてから、俺は周囲の女性たちに返事をしていない。

「レオン王子も言ったが、全員を囲い込めば穏便に済むというのに、その選択をしていないわけだ」

　王族ならば当然の選択なのかもしれないが、元々、村で生まれ育った俺はその常識を受け入れるには抵抗があった。それゆえに選べずにいるのだが……。

　俺が悩んでいると、ジャムガンさんは人差し指を立てた。

「そうなると女性たちはこう考える『選ばれるのは誰か一人だけ』と。そこまで考えたなら、互いの告白を目撃しているのだから当然関係は険悪になっていくだろうな」

「だ、だけど俺が知る限りだと、仲良くしているように見えますが……」

　俺はジャムガンさんの説を否定する。彼女たちは良くお茶会を開いて談笑していると聞く。とてもではないがそんな殺伐とした雰囲気は感じとれない。

「馬鹿だな、意中の男の前で醜く争うわけがないだろう。こういうのは裏で派閥を作ったり、嫌がらせをしたりするもんだ。女ってのは怖えぞ？」

　実体験なのか、レオンはしみじみと頷き身震いをしていた。

　俺は彼女たちの笑顔を思い浮かべる。やはりピンとこないのだが、この場にレオンを呼んだのは、女性関係において百戦錬磨の彼の意見を聞きたかったところもあるので、聞き流すわけにはいかないだろう。

「まあ、女性同士で険悪になっている間はまだいい方なんだがな」

　レオンのアドバイスを聞いていると、ジャムガンさんがポツリと呟いた。

さらに悪い状況があることをほのめかすジャムガンさん。俺の精神は既に疲弊しているのだが、聞かなければならないだろう。

「と、申しますと？」

「あまりにも愛情が強すぎる場合、攻撃の対象が周囲の女性だけではなく本人に向く場合もある。城の貴族の話になるが、複数の令嬢から言い寄られていた騎士が曖昧な態度をとり続けた結果、しびれを切らした令嬢が『想いを受け入れてもらえず他の女性の下に行くのなら殺して私だけのものに』と、刃物を持ち出し大暴れした話があったのだよ」

ジャムガンさんは、当時の状況を生々しく語って見せた。若干脚色されているのではないかと思ったのだが、レオンの方も同様の話を聞いたことがあるというので、宮廷ではまれにある話のようだ。

俺は背筋がぞっとして、汗がどっと流れ始めた。

「とまあ、流石にここまで酷い話はそうそうあるわけでもないんだけど……って、エルト、どうした？」

相談が終わり、俺が立ち上がると……。

「実は数日後、彼女たちに呼び出されているんだ」

「……それは何とも」

「急所だけは避けるようにした方が良いぞ」

ジャムガンさんは複雑そうな声を、レオンはからかい半分に助言をしてくる。

俺は二人にそう告げると、彼女たちとの待ち合わせ場所に向かうのだった。

★

ピチャピチャと雫が岩に落ちる音が聞こえる。

周囲の気温は低く、吐き出される白い吐息が流れるたび、視界を覆い隠す。

照明魔法があっても先が暗く、強力な罠があるので一瞬の見落としが死に直結する。

「はぁはぁはぁ」

現在も罠の起動ボタンに触れてしまったらしく、目の前に落とし穴が出現し、危うく落ちそうになっていた。

「本当に、命が幾つあっても足りませんね」

穴の中を覗き込むと、奥にスパイクが立っている。もし落ちていたら串刺しになり命を落としていたに違いない。

そんな危険な洞窟にいるのはサラ。彼女はデーモンロード亡き後、彼が保有していた古代の遺物《アーティファクト》が保管されている宝物庫へと向かっていた。

――ゴウッ！　カカカッ！　ヒュンッ！　ドドドドッ！――

少し進むたび、壁から炎が、矢が、刃が、岩が……、とにかく手を変え品を変えサラへと襲い掛かってくる。

「私は身体を動かすのが得意ではないのですけどね」

それでも、自身に【ゴッドブレス】を掛けることで、身体能力を強化し、なんとか罠を躱すことができていた。仮に傷や毒を負っても自らの手で治療することが可能だ。

サラは進行を阻む罠に苦労しながらも、何とか遺跡を進み続けると、奥に明かりがさしているのを発見した。

「悪魔族の残党はいないはずですが……」

四闘魔はサラを除いて全滅している。デーモンロードも死んでいるのは間違いない。

この宝物庫の存在はデーモンロードと四闘魔しか知らないので、他に誰かいるはずもないのだが、戦闘力がないサラは万が一遭遇してしまった場合を考えると緊張し、息を呑んだ。

気配を殺し、音を立てないように近付き、部屋に入る。

宝物庫の中に気配はなく、以前、デーモンロードに連れられて訪れた時となんら変わった様子はなかった。

疲労が溜まっていた彼女は深い溜息を吐くと、床に崩れ落ちた。

「はぁはぁはぁ、やっと到着しました」

これまでの疲れが一気に出たのか、彼女は安心すると汗を拭った。

「少し休んでから古代の遺物《アーティファクト》を回収するとしましょうか」

サラはそう言うと、宝物庫を見回すのだった。


「ふぅ、めぼしい物は大体詰め終わりましたね」

サラはそう言うと、バッグをポンと叩いた。

これは【マジックバッグ】という魔導具で、バッグの中は亜空間へと繋がっており、大量に物をしまうことができる。

先程まで宝物庫にあった、デーモンロードが長い時間を掛けて集めた、世に出ていない強力な古代の遺物《アーティファクト》や魔導具は、すべてこの中に収納されていた。

「……後はあちらの部屋ですね？」

宝物庫の中に、小部屋がある。これまでサラも入ったことがないので、中に何があるのか知らない。

以前はデーモンロードの封印が施されていて、中を覗くのも無理だったのだが、現在は封印が解けているので扉を開くことができるようになっていた。

「あの、デーモンロードが、ここまで厳重に管理していたモノがあるとは、気になりますね」

もしかすると、禁忌の魔導具かもしれない。これから、一人でとある遺跡に挑まなければならないサラは、それがどのような力でも、役に立つ可能性があるなら手に入れたいと考え、扉を開けた。

中に入ると、そこは狭い部屋だった。数人も滞在すれば窮屈に感じるような、壁が近く天井が低い。壁一面に札が貼られている。中心には台座があり、その上には縦長の壺が置かれていた。

これがこの部屋に封じられているモノだと見当をつけ、サラはゆっくりと近付きそれを観察する。

――カタカタカタッ‼――

次の瞬間、壺が揺れた。

特に地面が揺れた様子もなく、風が吹いてもいない。

「気のせい？　いえ、でも確かに……」

――カタッ‼　カタッ‼　カタタッ‼――

やはり揺れている。しかも、だんだんと揺れ幅が大きくなり……。

「いけませんっ！　札が剥がれかけています！」

デーモンロードの施した封印が解けたせいか、中に封じ込められている何かが出てこようとしているのだと、サラは遅れて気付いた。

「くっ！　急いで再封印をしなければっ！」

あのデーモンロードがわざわざ小部屋に隔離して、厳重に封印を施す程の何かだ。ここでこれを解き放てばどんな惨事が起こるかわからない。サラは険しい表情を浮かべ壺に触れた。

「熱いっ！」

一瞬で右手を火傷する。壺があまりにも高温を放つため、持ち上げることはおろか、倒れないように支えることもできなかった。

「あああ……ああああ」

封印の札が焼け、壺が浮かび上がる。中から炎が立ち上がり、室内を炎が包みこむ。

「あ……ああああぁぁぁ！！！」

サラは大きく口を開け絶望の表情を浮かべると——

——次の瞬間。サラの視界一杯を炎が埋め尽くした。

★

草木が一本もなく、ところどころに大岩が点在している荒野、イルクーツを数日北上した場所にあるここは不毛の大地と呼ばれており、植物が育たぬため、人が一切寄り付かぬことで有名な場所だという。

そのような不穏な場所で、俺は現在、五人の女性と対峙していた。

いずれも見目麗しい美少女で、皆この殺伐とした場所とは不釣り合いな程に華やかな笑顔を浮かべていた。

「えっと……今日はどんな用事で？」

俺は、そんな彼女たちと順番に目を合わせると、呼び出した目的を尋ねた。

「実は、エルト様に見ていただきたいものがありましたので、こうして御足労願った次第です」

ローブをたなびかせて一歩前に出てきたのはローラ。彼女はイルクーツ王国第二王女で、優秀な頭脳と膨大な魔力を保有する【大賢者】の称号を持つ天才少女だ。

これまで、彼女の先見により助けられた場面は多く、ありとあらゆる事態に対し先読みするローラがこの場を指定したというからには、何か人に見られたくない目的があるのは明白だ。

問題はその内容なのだが……。

「どうしたのよ、エルト。顔色が悪いわよ？」

「御主人様、マリーが癒して差し上げるのです？」

「エルトの体調管理なら、治癒魔法が使える私の出番じゃないかしら？」

三人の女性が俺に声を掛けてくる。

最初に声を掛けてきたのはエルフのセレナで、俺が付与を施した弓を肩に担ぎながら近付いてくる。

宙に浮かんでいるのはマリー。俺が契約している風の精霊王で、彼女は無邪気な様子を見せるのだが、最近は今まで以上に距離感が近く、抱き着いてくる頻度が増えている。

最後に近付いてくるのはアリシア。彼女は心配そうな表情を俺に向けると当たり前のように距離を詰め、俺の懐に飛び込むと両手を握ってきた。

「コホン、皆そこまでよ。私たちはエルト君に用があってここにきているの、そんなことは用事を済ませてからにしてちょうだい」

その場の全員が振り向くと、そこには剣を携えた、イルクーツ王国第一王女のアリスがいて、腕を組みながら俺を睨みつけていた。

「それもそうね。今は一刻も早くエルトに見て欲しいモノがあるし」

セレナはそう言うと、自身のオーラを解放した。心なしか、これまでよりもオーラの量が増えており、ちょっとした街ならば壊滅させられそうな数の微精霊が集まっていた。

「えっと……見て欲しい物って？」

俺はいよいよ覚悟を決める。場所は人気の一切ない荒野で、先日のジャムガンさんの不安を煽る話とレオンからの冗談交じりの忠告が脳裏をよぎったからだ。

「まあまあ、ちょっと待ってね。今準備するから」

アリシアが杖を構える。彼女が持つ杖は俺が贈った物。聖杯と同じく光の微精霊を集めており、治癒魔法などを増幅して放てるので、アリシアが使う聖属性の魔法はかなり強力になっていた。

「【ゴッドブレス】」

彼女の魔法により、他の四人の身体が白く輝きだした。デーモンロードとの戦い以降、アリシアは才能を開花させた。聖女しか使えないはずの身体能力を倍まで引き上げる【ゴッドブレス】や【ホーリーライトニング】など、悪魔族に効果が高い聖属性魔法を操ることができるようになっていた。

そんな彼女が、なぜ今の状況で他の四人に支援魔法を掛けたのだろう。

よもやと思って探ってみたが、近くにモンスターの気配もない。俺は表情が強張るのを感じたが、どうにか顔に出さないように努めた。

「さて、準備ができたから早速始めましょうか」

アリスが剣を抜く。彼女が装備しているのは王家に伝わる宝剣【プリンセスブレード】なのだが、剣身に埋め込まれている宝石には俺が細工を施していた。

赤・青・黄・緑・白。それぞれの宝石に対し、火・水・土・風・光の属性の微精霊を集めているので、剣に纏わせる属性を自分の意志で切り替えることができるようになっている。

「今日の気分は火属性が良いかしらね？」

彼女が剣を振りかざすと、剣が燃え上がりアリスの瞳には炎が映り込んだ。

「エルト君。よーーく見ててね」

アリスはそう強調すると、俺にウインクをして見せる。

彼女が何度か剣を振ると、周囲に火の粉が飛び散る。その明かりがアリスの横顔を照らした。

いつもの、俺に挑戦するために向かってくる目よりも鋭く、彼女が突然襲い掛かってきても対応できるように俺は全身に力を入れる。

アリスの身体からこれまで感じたことのない圧力が溢れてくる。最後に剣を交えた時とは比べ物にならない、おそろしい潜在能力だ。

彼女は剣を下げ、音を立てることなく歩くと、大岩の前で立ち止まった。

高さは十メートル程で、幅も同じくらいに広い。一体何をするつもりなのか見ていると、アリスは剣を前に突き出した。

「【フェニックスフェザー】」

――ボッ‼　ボボッ‼　ボボボボボボボボボッ！！！！！――

剣の先から火で出来た羽根が次々と飛び出し、大岩に穴を開けていく。一発一発に相当な威力が込められていることがわかる。瞬き程の間に大岩は穴だらけになっていた。

「次は私ね」

セレナが横に立つと、アリスが攻撃を止める。

「『アッサ』来てちょうだい」

セレナの横に精霊が浮かんでいる。彼女が契約している光の上級精霊、アッサだ。元々は中級精霊だったのだが、デーモンロード討伐後に成長したらしく、セレナはこれまで以上の力を振るえるようになっていた。

「サポートお願いね」

彼女が話し掛けるとアッサは笑い、光の力をセレナが持つ弓へと集める。

彼女が弦を引き絞ると、そこに光が生まれた。アッサが力を注ぐたび、光は矢の形を作り、太く眩しく輝き始める。

「これで限界ね」

セレナの言葉に、アッサが頷く。

「【シャイニングアロー】」

セレナは、光の矢を上空に放つと――


――ドドドドドドドドドドドドッ！――


空中で弾け、無数の光の矢が降り注ぎ、岩を砕く。

「次はマリーの番なのです」

セレナが下がると、マリーが腕をぐるぐると回し、プカプカと浮かびながら前に出てくる。

楽しそうな表情を浮かべながら、周囲の風の精霊に呼び掛け、力を纏めている。

彼女は両手を前に突き出すと、おなじみの風魔法を放った。

「【ヴァーユトルネード】」

「「「きゃあああああ」」」

今まで見てきたものと、けた違いな威力の風が解き放たれ、暴風に煽られた女性陣は咄嗟にスカートを手で抑えつける。

先程の攻撃で崩れていた岩が撒き上げられ空へと消えていく。

「最後は私の番ですね」

ローラが俺の隣に立ち微笑む。彼女が持っているのは俺が贈った【神杖ウォールブレス】だ。

「皆さん、私の後ろに避難してください」

杖を中心にパリパリと紫電が発生する。いつの間にか空に黒い雲が現れ周囲が暗くなり、紫電を帯びた彼女の身体が美しく輝いている。俺がそんなローラに視線を向けていると……。

「【ユピテルライトニング】」

――ドッドッドッドドドドドッドッドッドッドドドド――

絶え間なく雷が降り注ぐ。その音と威力はすさまじく、彼女がこの場所を指定した理由についてようやく理解が追い付いた。単純に広域魔法を放つので危険だからだ。

魔法が止み、地面には多数のクレーターが出来上がっていた。先程まで岩が点在する荒野だったのだが、今ではすっかり見通しがよくなっている。

ふたたび横に並んだ五人は、先程と同じかそれ以上の満面の笑み俺に向けてきている。その表情と今しがた見せたとんでもない威力の攻撃、それにジャムガンさんやレオンからのアドバイスを加味して判断すると答えは一つしかない。

俺は流れるように膝をつき、彼女たちの声を頭上に聞く。

「えへへへ、どうだった、エルト?」

「私たちこんなに強くなったのよ」

「マリーも絶好調なのです」

「これなら、どんな敵が現れてもあなたの御力になれるかと」

「って……どうしたの、エルト？」

何やら話し掛けてくる彼女たちに俺は額を地面にこすりつけると……。

「俺が悪かったです。殺さないでください」

必死に命乞いをするのだった。

★

「まったく、あれはないわよっ！」

アリスはそう言うと、不満を言いながらケーキを口に放り込んだ。

「どういう思考をすれば、ローラたちがエルト様を害するという結論に至るのでしょうか？」

ローラは溜息を吐くと、大いに不満をぶちまけ、カップを口元へと運ぶ。

「大体、ローラが言い出したんじゃない『エルト様に強い私たちを見せて驚かせませんか？』って」

セレナが溜息を吐きながらテーブルに突っ伏した。エルトが喜んでくれると思っていただけに、怯える姿を見せられて落ち込んでいる。

ことの発端は一ヶ月前、デーモンロードを倒した直後まで遡る。

エルトの周囲にいる女性全員が妙な身体の変化を感じ取っていた。

これまでよりも力や魔力がみなぎってきたり、強力な治癒魔法を使えたりするようになっていたのだ。

そのことについて相談して皆で調べたところ、どうやら自分たちのレベルが大きく上昇していることがわかった。

原因は、エルトがデーモンロードを討伐した際、参加した他の人間にも討伐の経験が分配されたからだ。

最初は、すぐエルトに打ち明けようという話になったのだが、ローラが「どうせならこの力を使いこなせるようになって、エルト様に披露して驚かせてみませんか？」と、サプライズを思いつき、アリスとセレナ、それにマリーが面白そうだと乗っかってしまった。

四人がそんな調子ではアリシアも止めることができず、自身が成長したらエルトが喜んでくれるかもと期待をしたので、結局、五人はノリノリで一ヶ月の時間を掛けてそれぞれの能力を磨いていったのだ。

「それにしたって、血相変えて土下座までするとないわよね、エルトには私たちがどういうふうに映っていたのかしら？」

光の上級精霊アッサにクッキーを渡すセレナ。すっかり等身大となった女性型のアッサは嬉しそうにそれを受け取り食べている。

「まあ、エルトって昔から他人が思いもよらない思考をすることがあったからね」

アリシアは苦笑いを浮かべると紅茶を口へと運んだ。幼いころのエルトとの思い出を懐かしむ。

「御主人様は悪くないのです。ローラが全部悪いのですよ」

元はと言えばローラが言い出したこと、マリーは責任をローラへと押し付けた。

「な、何よ、マリーだってノリノリだったくせに」

結果が振るわなかったので後ろめたいローラは、苦悶の表情を浮かべながらもどうにか言い返す。だが、エルトを喜ばせることが出来なかったので、俯いて悲しげな顔をした。

「でも、言いそびれてしまいましたね。私たちのスキルや魔法をエルト様に【ストック】して欲しいと……」

ローラは右手で自身の髪を人差し指にクルクル巻くと口をすぼめ不満そうにする。

彼女たちがそれぞれの技を磨き威力を高めたのは、エルトのためだったからだ。

エルトの【ストック】は、スキルや魔法やアイテムなどを溜めておき、自在に放つことができる。

五人の力をストックしておけば、いざという時に使うことができるので、これまでよりも戦略の幅を広げることが可能になると考えたのだ。

そのため秘密特訓をして、いざエルトの前で披露したのだが、ああまで怯えられてしまうと本題を切り出すタイミングがなかったのだ。

「ま、まあ、エルトには後で私たちから説明しておくわよ」

場の空気がお通夜状態に変わる。

セレナは子供っぽくいじけているローラを、どうにか励ませないか悩み、眉間に皺を寄せた。

「そ、そう言えば、エルト君についてだけどさ。皆は彼とはどんな感じなのかしら?」

妹が落ち込んでいるため、空気を変えようとアリスが話題を振る。

「どのようなって、今のエルトとの関係性ですか?」

アリシアは怪訝な表情を浮かべつつ、アリスに話の内容を確認した。

話題を変えたところで、結局のところ共通の話となるとエルト関連になってしまう。それだけ彼女たちの中でエルトの存在は大きくなっていた。

「エルト様との関係性ですか……そうですね、私は今のところ教師と生徒というところでしょうか? エルト様に頼まれて様々な知識を付きっきりで教えて差し上げています」

気を取り直したローラは胸を張ると、自慢げな表情を皆に向けた。

彼女は最近、数日ごとにエルトに勉強を教えている。その間は彼と二人っきりなので幸せな時間をすごしている。そのことを自慢せずにいられなかった。だが……。

「私とエルトは、たまの休日に家に呼んでうちの両親と一緒に食事をしたり、街を散歩したり、後は買い物に付き合ってもらうくらいかな？」

アリシアは口元に手を当てると、最近のエルトとの行動を振り返る。

デーモンロード事件以降、二人の関係は、アリシアが生贄に選ばれる前に戻っていた。彼女にしてみればごく自然なエルトとの接し方なのだが、その行動はデートどころではなく家族のそれである。

無意識にそのような行動をしているアリシアに、ローラは戦慄を覚えた。

「な、なるほど。セレナはどうなのですか？」

アリシアの言葉に仲間以上の親密さが垣間見えるのだが、現状セーフと判断したローラはセレナに話を振ってみた。

「私？　私はそうね、同じ屋敷に住んでいるから一緒に食事を摂ってるけど、日中は自分の訓練だったり、エルトも出掛けていたりするから別行動が多いわね」

「なるほど、セレナらしいですね」

同じ屋根の下で暮らしていることから若干警戒していたが、考えてみれば使用人が大勢いる中でそれ程大胆な行動をとるわけもない。これならば安心だと、ローズは誰にも気付かれないようにほっと息を吐き、胸を撫でおろすのだが……。

「ああ、でも、夜は大体エルトの部屋で寛いでいるわよ」

「そ、そんな……。年頃の男女が密室で二人きりなんてはしたないです！」

妙な想像をしたのか、顔を赤くしたローラはあわあわと慌てふためく。

「うん、その台詞そっくりローラに返すわよ」

自分のことをすっかり棚に上げている彼女に、セレナは冷たい視線を送った。

「ま、まあ、セレナは特に何もしてないということなら良いです」

もし関係が進んでいたのなら、先程のエルトから甘い空気を察することができたはず。セレナの行動自体は油断ならないが、ローラはこの場では流すことにした。

「さて、お姉様は……、聞くまでもありませんね？」

次にローラはアリスを見て、情報を得る必要はないと判断する。

「な、何よその適当な流し方！」

妹からスルーされ、アリスは憤慨した。

「だって、どうせ剣の稽古に誘ったとかその程度なのでしょう？」

ローラがエルトとの恋仲を応援していた当時でも、アリスは子供の恋愛並みに奥手だったので、ローラの中では競争相手としてあまり認識されていない。

「そ、そうだけど……仕方ないじゃない。二人っきりになると緊張しちゃうんだからっ！」

アリスは両手を頬にやると恥ずかしそうに俯いてしまった。

「アリス様……可愛いです」

普段の凛々しい姿とのギャップがあり、アリシアは思わずストレートな感想を口にすると、

両手を腕の前で組み、蕩けた表情を浮かべた。

「はぁ……その態度をエルト様の前で出せばよいのに、我が姉ながら先が思いやられます」

男というのはギャップに弱いと書物で読んだことがある。頭で考えて行動するタイプのローラでは見破られてしまったり、中途半端になったりするので使えないのだが、アリスの天然の破壊力はすさまじく、並みの男なら一発で落ちるに違いない。

「マリーは、契約精霊だから関係ないですよね」

一応一通り話を聞いてみようと考えたローラは、お菓子を食べているマリーに話を振った。

「んぐんぐ、御主人様との関係なのです？」

身体の一部こそ成熟しているが、身長が低くて子供じみた言動をする、マリー。色恋沙汰とは無縁な様子なのでローラは彼女の言葉に耳を傾けつつ、紅茶を飲もうとカップを手に取った。

「マリーはよく御主人様と一緒に寝ているのです」

「……ぷっ！」

ローラは危うく吹き出しそうになるところを堪えた。

「ああ、それって、エルトが庭に作っている畑の農作業の後のことよね？」

「なのです」

一瞬驚いたローラだったが、問い詰める前にセレナが説明をしてくれた。

「そういうことなら、私も昔はよくエルトと一緒に寝たなぁ」

アリシアは顔の前で両手を合わせると、幼いころエルトと一緒に寝た記憶を懐かしむ。

「ぐぬぬ、羨ましいです」

想い人との添い寝体験を聞かされたローラは、カップを持つ手に力を込めると悔しそうな声を漏らす。

「私も一緒に寝たわよ。初めて村から出た時の森の中だったり、人族のことが怖くて宿でも一緒のベッドで」

「それ……初耳なんだけど？」

アリスがセレナを鋭い目つきで見つめる。

「な、何もされなかったのですか？」

年頃の男女が一つのベッドに入って眠る。エルトとて成人の男なのだ、間違いが起こっていてもおかしくない。ローラの質問にその場の全員が耳を澄ましセレナの答えを待った。

「あー、まあ……」

セレナは寝ぼけたエルトに胸を揉まれたことを思い出す。だが、事故のようなものだったのでこの場で告げるのをやめておいた。

「な、内緒……かな」

そう言いつつも、頬が赤らんでいる。一度思い出すと自分の感情を制御できないらしい。

「むむむ……」

セレナから感じる色っぽい仕草にローラは目を吊り上げる。何かがあったに違いないのだが、強引に聞き出すと自分にダメージがくるかもしれない。

エルトとの関係がそこまで発展していないと高を括っていたローラだったが、セレナの態度で急に不安が押し寄せてきた。

「み、皆さんはエルト様とその……エッチなことはしてませんよね？」

焦ったローラは、これ以上の情報が出てこないことを祈り、皆に質問をする。自身がエルトとの間に浮いた話がないので、皆の話を聞いて安心したかったからだ。

ところが、ローラの質問に対し、その場の気配が変わる。

「ま、まさか……本当に？」

完全に何かがあったとしか思えない。質問をした直後から誰一人として彼女と目を合わせなくなったからだ。

場を沈黙が支配する。ローラの背に冷たい汗が流れ、皆がお互いを牽制する中、そっと手が挙がった。

手を挙げたのは気まずそうな表情を浮かべたアリシアで、彼女は静かに告げた。

「わ、私は実はその……、エルトと再会した時にエリバンの客室で告白して……キス……しました」

アリシアは正直に告げると顔を真っ赤にする。

「い、一度だけかしら？」

アリスが突っ込んだ質問をする。

「い、いえ……実は以前に御二人がエルトに告白して、その帰り道で再度告白した時にもう一度……」

アリシアの告白に、ローラは固まった。まさか自分たちの告白を利用してエルトに一歩踏み込むとは、おとなしいふりをしているわりに大胆な行動だ。

「それなら、私も。エルトが旅立つ前夜の送別会で彼に告白してキスをしたわよ」

アリシアが白状したことで、セレナも続く。もっとも、本人は酒を呑みすぎていて覚えていないのだが、そこはあえて伏せていた。

「二人ともずるい……」

どちらもローラがエルトと出会う前の話なのだが、自分よりも決定的に関係を進めていると知ってしまい、ローラは焦った。

すっと、手が上がる。皆が注目するとアリスが恥ずかしそうに告げた。

「私は二人みたいに告白したとかじゃないんだけど、グロリザルでクラーケンと戦った時に溺れて、彼に人工呼吸をしてもらったわ」

「あっ！　だからあの時のエルトの態度が……」

アリスの申告に、アリシアは今になって当時エルトとアリスの態度がよそよそしかった真実へと辿り着いた。

「さ、三人ともエルト様と口づけをしたのですか……?」

先程までは全員が同列、それ程差がないと思っていたローラだったが、ここにきて自分が完全に出遅れていることを知ってしまう。

「そう言えば、マリーも御主人様と契約する時、ぶちゅっとやったのです!」

駄目押しで、ローラが絶対に負けたくないと思っているマリーも、エルトとの口づけを経験済みと告げてきた。

彼女たちは赤裸々な情報を共有して顔を赤らめつつも仲間意識を高める中、ローラは俯き身体を震わせる。

「わ、私だって……ローラだって……」

彼女は決意をみなぎらせると、

「エルト様とキスしたいです!」

どうすれば自分も経験者側に入れるようになるか、策を巡らせるのだった。

★

「はぁ、それにしても怖かった……」

先日、俺は皆に荒野に呼び出され、目の前で大規模破壊スキルを見せつけられた。

前々から頼もしいと感じていたのだが、嬉々として技を繰り出すさまと、ジャムガンさんからの忠告が脳裏をよぎり、あの力を自分に向けられたらと考えるとおそろしくなったのだ。

帰宅したセレナとマリーから「あれはエルトに【ストック】してもらうスキルのお披露目だから」と教えてもらったが、この一ヶ月の彼女たちの努力について聞かされ、とても驚いた。

「デーモンロード討伐の影響でああなったらしいけど、俺自身はあまり成長していないんだよな……」

自分のステータスを見てみる。

名　前：エルト
称　号：町人・神殺し・巨人殺し・契約者・悪魔殺し・超越者・悪魔王殺し
レベル：１１１
体　力：５５２２
魔　力：７７９２
筋　力：４５２２
敏捷度：４０２２
防御力：３２２２

魅　力：２０００００
スキル：農業Lv10　精霊使役（40／１００）成長促進Lv７　剣技Lv８
ユニークスキル：ストック

元々、邪神を討伐したり、迷いの森でブラッディオーガなど強力なモンスターと戦ったりしてレベルを上げていたので、デーモンロードを倒したところであまりレベルが上がっていなかった。

だが、彼女たちはそのような経験が浅く、今回の事件では四闘魔を撃破したり、デーモンロード討伐に参加したりしたので大幅なレベルアップを果たしていた。

ローラもアリスもセレナも天才の部類に入る人間だ。そんな彼女たちが急激に力をつけてきたことで、成長できていない自分に焦りがあることを自覚した。

「このままじゃ駄目だ……」

デーモンロードとの戦いは運が良かっただけ。もし、次にあのような存在に遭遇したら、自分の力で彼女たちを守ることができない。

「俺も、もっと強くならないと」

努力して力を身に着けた彼女たちにちゃんと向き合うためにも……。

俺は拳を握り締めると、改めて強くならなければならないと決意するのだった。

二章

幸せだったころの夢を見ていた。

両親が健在で、妹と二人仲良くすごしていたころの夢だ。

夢の中では私は笑っており、妹と手を繋いでいる。これは両親が私の誕生日に王都へと旅行に連れてきてくれたころの記憶。

私は知っている、この後何が起こるのか……。

突如警報が鳴り響き、周囲の人たちが逃げ惑う。逃げ惑う大人に押され、私は妹の手を放してしまった。

『お姉ちゃん！』

遠くから妹の声が聞こえ、私も叫び返す。

そこら中で爆発音と人が争う叫び声が聞こえ、私は必死に手を伸ばすと――

「やっと起きたのね」

目を開けると目の前には赤い髪をした女の子がいて、台の上で両足に肘を乗せて座り、私を見下ろしていた。

「まったく、こっちは早く状況を知りたいってのに。人族は脆弱だから嫌になるわね」

彼女は髪を払うと文句を言い、私を睨みつけてくる。

傍若無人なその物言いが気になるが、養護施設にいたころもこのような態度をとる子供がいたことを思い出すと、背伸びしているのが見て取れるので怒りは覚えなかった。

気になるのは、人里離れた古代文明の遺跡にある、デーモンロードの宝物庫になぜ少女がいるのかという点だ。

見た目からおそらく、十五歳か十六歳くらいではないかと推測する。

私は彼女の身体を見回す。勝気な表情を浮かべていて、胸のふくらみがほとんどない。未発達である可能性もなくはないが、見た目通りと判断しても良いだろう。

私の視線が気に入らなかったのか、少女はムッとした表情を向けると、私に質問してきた。

「あんた、名前は?」

「私は、サラです」

偽名を使おうかと思ったが止めておく。表情や言動を見た限り、気難しそうな性格をしていそうだ。この手の輩に嘘をつき、後日発覚すると絶対に面倒なことになる。

私は当たり障りない対応をしようと心がけるのだが、彼女はフンと息を吐くと、およそ初対面に告げるべきではない言葉を投げかけてきた。

「そっ、あんた今から私の奴隷になりなさい」

有無を言わさぬ態度で少女は腕を組んで私に告げる。まるで当然とばかりの態度に、私は混乱してしまった。

「えっと……あなたは？」

ひとまず情報が足りない。このような場所にいるからには見かけ通りの存在ではない可能性が高い。

もしかするとデーモンロードの血縁者ではないかと予想するが、目の前の少女とロードでは姿がまったく似ていない上、種族も違っている。

「私は……ローズよ」

アゴに手をあて、一瞬考えてから答える。

「ローズはどうしてここに？　ここは人里離れた場所にある遺跡ですよ」

デーモンロードの宝物庫ということもあって、偶然辿り着くことは不可能だ。

「そんなことはわかっているわよ。あんた、デーモンロードの関係者？」

彼女の口から、その名前が出たせいで、表情を取り繕うことができなかった。

「その反応で十分だわ、あいつはどこにいるのかしら？　こうして出てきたからには長い間閉じ込めてくれた御礼をしてあげたいんだけど」

瞳に炎を灯すと、右手を燃え上がらせた。彼女から放たれる殺気と、熱により室内の温度が上昇し、私の額に汗が浮かぶ。

「ロードなら、つい最近討たれて滅びましたよ」

口ぶりからしてロードに恨みを持っているようなので、真実を教えることで彼女の感情を抑えようと考えた。

「あいつ滅んだんだ。へぇ、誰がやったの？　邪神？　それとも古代竜？　それか私以外の精霊王かしら？」

どうやら自分で手を下すことにこだわりはないらしく、右手の指を口元に掛けると愉快そうに笑う。

「やったのは人族です」

「本当にっ！　あいつも所詮その程度だったんだ、ざまぁみろね」

私の言葉にはしゃぎだすローズ。だが、彼女は信じがたい言葉を口にした。

「……えっと、今、聞き捨てならない言葉が聴こえましたが……貴女もしかして……？」

私は薄々彼女の正体に気付くと、ローズからの返答を待った。

「私はローズ、デーモンロードに長きにわたって封印されていた火の精霊王よ」

「火の……精霊王？」

アークデーモンや四闘魔より格上の、世界に六柱しかいない存在の一柱。それが目の前の少女だというのか……。

「ど、どうして、ロードはあなたを封印していたのですか？」

彼の性格からして、敵対したなら神であろうとも滅ぼそうとするはず。彼女は私の腕に嵌めているある物を見ると、口の端を吊り上げた。

「それはね、私しか知らない情報をあいつが必要としていたからよ」

その答えに、ゴクリと喉を鳴らす。

「とりあえず、長年封印されていたから、世界がどうなってるかわからないのよね。あんた、ちょうどいいから私を案内しなさい」

あのデーモンロードが封印しておく程の存在だ、もし利用することが出来れば、これ以上ない戦力になる。

「ええ、今の世界については詳しいので、力になれるかと思いますよ」

私は降って湧いた幸運に笑みを浮かべると、ローズと共に宝物庫を出るのだった。

★

「……ということで、イルクーツの輸出量から計算し、両国のバランスを保つ提案をすることがこの案件の落としどころとなるわけです」

「なる……ほど」

イルクーツ王国にあるローラ専用の執務室にて、俺は彼女から各国の情勢について教えてもらっていた。

机の上には教材と言うべきか、現在のイルクーツの外交書類が並んでいる。

彼女からは「こちらは国家機密書類となりますので、他言無用でお願いします」と言われているのだが、どう考えても俺なんかが見ても良いものではなさそうな気がする。

だが、ローラに「各国の情勢を教えつつ仕事も進められるので、これが一番効率的でしょう?」と言われると、教わる者の立場としては納得するしかない。

隣を見ると、ローラが口元にペンをあて、真剣な顔で文章を読み上げ説明をしてくれる。

ふわりと窓から風が吹き込み、良い香りが鼻先をかすめる。この香りはガーベラだ。

出会った当初は他の花の香水をつけていたのだが、最近になって変えたのだろうか?

こうして数日おきに勉強を教わっているが、会うたびにどこかが違っており、ついついその変化が何なのか気にしてしまう。

「エルト様、おわかりいただけましたか?」

気が付くと彼女が顔を上げ、透き通った瞳を俺に向けていた。

「ああ……うん、何とか、かな?」

突然話を振られて返事をする。ローラはできる限りわかりやすく説明することを意識してくれているのだが、進行速度自体が速く、ギリギリついていくのがやっとだったりする。

俺が今受けた説明の内容を頭の中で整理していると、彼女は急に挙動不審となった。

「そ、その……今日の私、もしかしてどこか変でしょうか？」

髪型はいつも通りだし、化粧も変わらない。

「い、いや、別にそんなことはないと思うぞ」

俺がそう告げると、彼女が顔を寄せてきて視界に大きな瞳が飛び込んでくる。

「でしたら、どうして先程から私の顔を見ていたのでしょうか？」

彼女はそう問い詰めるとじっと俺を見続ける。答えるまで目を逸らすつもりはないようだ。

「い、いや……。香水を変えたみたいだからさ、ちょっと気になったんだよ」

俺が彼女を見ていた理由を告げると、

「気付いてくださっていたのですね」

はにかむと右手で口元を隠しながら離れた。

「前はシトラスの香りだったよな？　どうして変えたんだ？」

会うたびに何かしら変化をつけてくるローラに、俺は理由を尋ねた。

「昔の私はシトラスの香りが好きでしたが、ある日から好みが変わりましたので」

そう答えると、彼女が動きガーベラの香りが流れてくる。

「それはまた、何で？」

「ふふふ、なぜだと思われますか？」

彼女はローブを摘まむと中からクリスタルガーベラが付いた首飾りを取り出した。

「殿方の贈り物に身の回りの物を合わせることは、王侯貴族の女性の間では『あなた好みの女性になる』という意味があります」

先程までと違い、口元は笑っているが目が笑っていない。彼女が自分の計略通りにことを進めている時によくする表情だ。

「さて、ここで問題です。エルト様」

彼女は課題を出す時と同じようにかしこまると、俺に出題をしてきた。

「あ、ああ……」

「次の私の動きに対し、紳士らしく正しい行動をとってください」

そう言うと、ローラは目を瞑りアゴを上げ唇を前に突き出した。

「そ、それは……流石に……」

「エルト様が正しい行動をとるまでローラはこのままです」

強い意志を感じる。こうなった時のローラは頑固で、前言通り身動きすることはないだろう。

一瞬、マリーが遊びにくれば否応なしに状況を崩せるのではないかという思考が脳裏をよぎった。

「ちなみに、マリーには新規オープンするスイーツの店の優先入店券を渡してあるのでここに来ることはありません」

俺の心の中を読んでいるかのように、ローラは的確に答えた。

「他にも邪魔しに入りそうな方々のスケジュールも現在地も把握済みです」

どうやら、逃げ道は完全に塞がれているらしい。彼女の深謀遠慮の前には俺の時間稼ぎなど無駄ということか……。

ふとローラを見る。告白されて以来、女性として意識するようになっており、先程も自然と彼女のことを見つめてしまっていた。

ふっくらとした唇は柔らかそうで、どのような感触がするのか指で触れてみたくなる。

知り合ったころに比べて、背も若干伸び、様々な表情を見せてくれるようになった。俺はそんな彼女の成長を思い出すと感慨深くなる。

彼女は目を開けると寂しそうな表情を浮かべた。

「お姉様やセレナにアリシア、マリーにまで口づけをしているのに、私は駄目なのでしょうか？」

「それは……だって……」

アリスの場合は人命救助のためだったし、マリーとは精霊契約。セレナは酔った勢いで、アリシアは特殊な状況下でのこと。

それを説明しようかと考えるが、傷ついた表情を浮かべるローラには言いわけにしか聞こえないだろう。

「私だけが、エルト様に好意を持たれていないのですね、やはり、ローラには女性としての魅力がないのでしょう……」

顔を伏せポツリと呟く。昔の自信がないころの彼女に戻ったかのようだ。

「そんなことはないぞ、ローラはその……」

このまま落ち込ませてしまうのはまずい。そう思った俺は、焦りを浮かべ言葉を発するのだが、

「何ですか？　はっきりとおっしゃってください」

咄嗟に頭に浮かんだのが、あまりにも恥ずかしい台詞なので言い淀んでいると、ローラが追及してきた。

「……その。ローラは華のように可憐だし、宝石みたく綺麗だし、誰よりも聡明だ。俺からみて、とても魅力的な女性だから、気にする必要はない。かな……と」

どうにか言葉を絞り出すが、顔が熱くなっているのがわかるので、彼女から目を背ける。

恥ずかしくはあるが、今言った言葉は俺の本心でもある。これで少しでもローラが自信を取り戻してくれればよいと考えていると……。

「ぷっ！　エルト様にはその手の言葉は似合わないですね」

「そ、それはないだろ⁉」

笑い声が聞こえ、彼女の顔を見ると、指で目元を拭って笑っていた。

「申し訳ありません。まさか、エルト様が宮廷貴族の口にするような、歯が浮きそうになる台

詞をおっしゃるとは思わなくて」

ジャムガンさんが言っていた。アリスとローラに求婚する男は後を絶たないらしく、その手のアプローチがよくあると。

「もしかして、怒っていらっしゃいますか？」

ひとしきり笑い終えると、ローラは居住まいを正した。

「別に……」

慣れない台詞を口にしたせいで、恥ずかしいだけなのだが、彼女は俺に近付き表情を観察してきた。

「それに、さっきのはお世辞ではなくて、俺の本心でもあるから」

こうなればやけくそだとばかりに、俺の内心を素直に告げる。

「そういう追い打ちは貴族の子息の方にもされたことがありませんね。このローラ、不覚にもときめいてしまいました」

だんだんと声が近くなったかと思い振り向くと、目の前に彼女の顔があった。

ガーベラの香りが鼻腔をくすぐり、唇には柔らかく湿った感触が伝わる。ローラの身体が密着し、心臓からはトクントクンと鼓動が伝わってきた。

風が吹きカーテンが揺れる音がする。外では訓練している兵士の声が聞こえており、俺は自分に何が起きたのか周囲の状況を探っていた。

ローラの唇がついばむような動きをして離れていく。

「んふぅ」

蕩けた目が至近距離にある。彼女は自身の下唇に指を這わせ、先程の感触を確かめるように熱い吐息を吐いた。

「お、俺の紳士らしい行動をとるのを待っていたんじゃないのか？」

彼女に唇を奪われて動転した俺は、他に気の利いた言葉も返せなかった。

「申し訳ありません、エルト様があまりにも私の心を揺らしてくるもので、我慢が出来ず、つい……」

ローラは可愛らしく笑って見せた。

「今のは、私のことを褒めていただいた御礼ということで」

「………」

あまりにも嬉しそうな様子に何も言えなったのだが、彼女が笑顔を取り戻したのならよいかと思い始める。先程の落ち込んでいる姿は演技ではなかったから。

俺がどうにか気まずい状況を抜け出したと思い、安堵の息を吐いていると……。

「次は、エルト様からもお願いしますね」

ローラは悪戯な表情を浮かべると、耳元で囁く。

俺は、そんな彼女にどう答えるべきか考えるのだが、今度は一向に言葉が出てこなかった。

★

「むぅ……、戦力の差は圧倒的なのよね」

屋敷の食堂の椅子の背もたれに両足を乗せバランスを取りながら座っている。時刻は昼をすぎており、使用人たちも食事を終え、それぞれ休憩をとった後なので緩んだ空気が流れながらも仕事をしている。

そんな中、私は由々しき事態に頭を悩ませていた。

本来ならこのような格好をしていると、執事のアルフレッドが注意してくるのだけど、戦闘の考察をする時はこういう木の上に立つような姿勢の方が頭が働く。

「セレナ様、何を悩まれているのですか？」

テーブルを調えていたメイドが聞いてくる。横から手を伸ばしテーブルを拭いているのだが、彼女の胸が目の前にあったので、無意識に視線を向けていたらしい。

テーブルを拭くたびに極一部が揺れるのだが、その部分が小さいこともあってか安心して見ていられる。

「ちょっと人族との戦力差について考えていたのだけど、貴女のお蔭で少し落ち着いたわ」

「左様ですか、それは何よりです」

彼女は役に立てたことが嬉しいのか、ニッコリと微笑んでみせた。

現在、私が悩んでいるのは自身の身体についてだ。

これまで、エルフの村で生活する間、私は自分の身体に疑問を抱くことはなかった。仲の良かった娘たちと比べても大きかったし、鍛え上げていた肉体に自信があったからだ。

ところが、最近になり、アリシアやローラにアリス、おまけにマリーちゃんという女性たちがエルトの周囲をにぎやかし始めたので状況が変わった。

全員がエルトに告白をしていて、全員が彼に好かれたくてアピールをしている。お茶会などを開く回数も増え、彼女たちと一緒にいることも増えたのだが、そうするとどうしても比較されてしまう部分があったのだ。

「よりにもよって、何で全員胸が大きいのよっ！」

王都に来て学んだのだが、人族の男は持たざる者より持つ者に惹かれる傾向があるようだ。

たとえば私とアリシアが外でお茶をしている時、大多数の男は彼女の胸元をチラ見することが多い。

これまでは、その手のいやらしい視線を集めて可哀想だと考えていたが、あれは異性を惹き付ける重大な武器なのだ。

エルトという超鈍感な男を惹き付けるためにはなくてはならない。

「あの、セレナ様？　もしかして、先程安心された理由とは……」

メイドが不審な目で私を見ていた。私が彼女の胸を観察していて、私より小さくて安心した事実に気付いてしまったようだ。

彼女は冷めた目をしていたかと思えば溜息を吐き、

「そうですよね、確かにおっしゃることはわかります。御主人様の周りには魅力的な方が多いですから」

私がエルトのことが大好きだというのは、屋敷に住んでいる全員が知っている。

屋敷に滞在し始めた当初、数人のメイドに興味本位で聞かれて答えたら広まっていたからだ。

「確かに焦る気持ちはわかります。アリシア様は強敵だと思いますよ。特にあの胸とか……」

「わかってくれる⁉　そうなのよ、アリシアもアリスもローラも、おまけにマリーちゃんも……。一緒にいるこっちが惨めになるのよっ！」

ピンポイントに私の悩みを言い当てたメイドに、思わず愚痴をこぼした。

「はぁ、どうすれば胸は大きくなるのかな？」

私は椅子を揺らしながら考える。こうして身体を揺らしていると、迷いの森で狩りをしていた時のように獲物を狩るアイデアが湧くと信じて。

だけど、迷いの森で出会ったモンスターよりも、今のエルトの傍にいる皆の方が圧倒的戦力を保有しているので、勝てる算段を思いつかない。

「あくまで迷信かもしれませんが、胸は異性に揉まれると大きくなるらしいです」

メイドがピッと指を立て私に告げてくる。エルフの里にもあるのだが、先人の知恵というのはわりとバカにできない。エルトにならば揉まれても構わないと一瞬考え、あることを思い出すと一瞬で冷めてしまった。

「それ、迷信に違いないわ」

はっきりと否定できるだけの根拠もある。

アリスもローラもアリシアだって、そう言った経験がないはずなのに胸が大きいからだ。それに、もしその説が正しいのなら、私の胸が成長していないのはおかしい。以前、エルトに胸を揉まれたことがあるからだ。まるで成長していない自身の体験がその説を完全に否定していた。

「種族特有の成長というのもあるようですよ」

確かに、エルフには胸がたいらな娘が多い。弓を扱う上では有利なのだが、種族特有と言われてしまうと否定できない。

「その辺りは食べている物の差があるのかもしれないわね？」

人族の街に滞在するようになってから、様々な料理を口にして驚かされてきた。

食生活というのは身体を作る上で重要なポイントかもしれない。

「そう言われると、一つ噂なのですが……」

メイドが口元に手を当て考え込む。一人で考えているよりはアイデアの数が多い方が助かるのでありがたい。

「なんでもいいから話してちょうだい」

先程否定したからか、少し言い辛そうにしていたので後押しした。

「牛の乳を飲むと育ちやすいらしいです」

「牛の乳？　あれにそんな効果があるの？」

この屋敷の料理にも頻繁に使われている食材だ。そんなありふれた食材に何かあるのだろうか？

「セレナ様は誤解されていますが、牛の乳は裕福な家でなければ毎日口にすることはできません。そして、セレナ様の周りにいる方々は……」

メイドの言いたいことを察する。

「確かにそれはあるかもしれないわね」

アリスとローラは王族だし、アリシアは神殿からそれなりの賃金をもらっている。牛の乳だって毎日飲むことができるだろう。

「えっと……あの……」

私はメイドに頼みごとをしようと考えたのだが、胸を大きくするために我儘を口にすることに気が引けてしまった。

私が言い淀んでいると、メイドはフフフと笑う。

「今日から、セレナ様の食事の際には牛の乳をコップ一杯、必ずつけるように料理人に伝えておきますね」

「ありがとう、助かるわ」

ようやく突破口が開けた、私は笑みを浮かべる。

「待っていなさいよ、エルト。私だって……」

翌日から、私が牛の乳を飲むたび、屋敷のメイドたちが生暖かい目で見るようになるのだった。

★

五人に荒野に呼び出されてから一週間後、俺とマリーは【フィナス大森林】の奥地、リノンの下を訪れていた。

「まさか、おぬしがあのデーモンロードを倒すとは思わなんだぞ」

ローラにはしばらく出掛けるので授業の延期と調べ物を頼み、アリス・アリシア・セレナにはそれぞれ直接話した。

「ええ、正直なところ運が良かったというのがあります」

今回用事があるのは俺だけだったので、マリーに運んでもらった。空を飛ぶことに期待を抱いていたのだが、実際は彼女に掴まって移動したので、運ばれている感じが強く、特に快適とは言えなかった。

途中、モンスターが襲ってくることもあったのだが、そのたび、ストックしてあった魔法を撃ちだして撃退するなど、空中は空中で危険なモンスターもいるので油断ならないということがわかった。

「それで、デーモンロードとの戦いで、自分の未熟さを痛感したので、リノンに鍛えてもらえないかと思ってここにきたんです」

俺は来訪の目的を告げる。

「なるほど、小僧自身のレベルアップのために、わらわに胸を貸せと言うのじゃな?」

「ええ、俺はもっと強くならなければならないですから」

彼女たちだけに努力させるわけにはいかない。もし同じようなレベルの相手と戦いになった時、今度はギリギリではなく圧勝できる強さが必要なのだ。

そうでなければ、周囲の大切な人々を守ることはできない。

俺は強い意志を込めてリノンを見続けた。

「して、そっちの小娘。お主も参加希望か?」

リノンの視線が俺から外れ、マリーを見る。

「ひっ！　マリーは御主人様の付き添いなのです」

リノンは口の端を吊り上げると笑みを浮かべた。おそらく彼女は普通に笑っているつもりなのだろうが、溢れ出る圧力にマリーは怯え、後ずさった。

こんな様子を見せてはいるが、マリーはリノンを認め、気に入っている。それゆえに話し掛けているのだが、マリーはリノンが苦手らしく、最初は同行するのも嫌がっていた。

「まあよい、小僧には一度灸をすえてやらねばと思うておったからのう」

リノンの瞳が赤く輝いた。

以前、戦わなかった理由を説明した時も同じような表情を浮かべていた。

「ひいいいいいっ！　なのです！」

リノンから凄まじい圧力がかかり、マリーが悲鳴を上げる。

「稽古をつけてやる。かかってくるがよい」

「よろしくお願いします！」

彼女は特訓に承諾すると、扇子を閉じ、俺に突き付けてきた。

◇

「よいな？　少しでも結界の手を抜くでないぞ。わらわと小僧が全力を出せば、この洞窟が壊れてしまう。もし、宝の一つでも破損しようものなら、お仕置きじゃからな？」

「ひいいいっ！　だったら手を抜いて戦って欲しいのですっ！」

周囲にはマリーが張り巡らせた風の結界がある。彼女は風の精霊王なので強力な風の結界を張ることができるのだが、それでも俺とリノンの戦闘には耐えられないようだ。

「さて、かかってくるが良い」

彼女は閉じた扇子を開き右手を前に出すと、半身の体勢を取った。

「行きますっ！」

俺はそう宣言すると神剣ボルムンクを抜き、同時に地を蹴り、彼女の右側に飛び込んで左腕を斬りつけた。


──キィーン──


金属がぶつかる音がする。リノンが右腕を伸ばし、扇子を差し込んで俺の剣を受け止めていた。

「速度はなかなかじゃが、この程度では余裕で反応できてしまうぞ」

力を込めて押し込もうとしてみるが、一向に動く気配がない。

俺が両腕に対し、リノンは右手、それも力が入れ辛い体勢にもかかわらず、完全に余裕を持っている。どうやら、力比べで勝つことは不可能なようだ。

「くそっ！」

そう判断した俺は一度剣を引くと、手数で勝負することにした。

「はぁぁぁぁっ‼」

自身が繰り出せる最大の速度で剣を振るう。

闇雲に振っているわけではなく、フィルから教わった古流型剣術だ。

「おおっ！　御主人様の猛攻なのですっ！　いいぞっ！　もっとやれーー！」

マリーの応援が聞こえる。俺が一方的に攻撃を仕掛けているのだが、決して優勢ではない。

何せリノンは扇子を動かし、俺の斬撃をすべて受け止めているのだから。

「惜しいのですっ！　御主人様、まずはその扇子を破壊するのですよっ！」

「無茶を……言うなっ！」

こちらが使っているのはかつて邪神に挑んだ人間が持っていた神剣で、マリーの記憶によるとあの邪神にもダメージを与えた武器だ。

だというのに、俺が渾身の力で繰り出した攻撃はすべてあの扇子に阻まれている。

「ふふふ、不思議そうな表情をしておるな。小僧に一つアドバイスじゃ、戦闘中にそのような顔をするでない。同レベルの敵と対峙した場合、そのような弱気な表情は御法度じゃ。相手に付け込まれる隙になるぞ」

「わかりましたっ！」

俺は頬を張り、気合を入れ直した。

「それとお主の誤解をといておこう。貴様は神剣を使っておるが、わらわのこれはただの扇子じゃぞ」

「嘘なのですっ！　ただの扇子で御主人様の剣が防げるわけがないのですよっ！　年の功なのです、長生きするババアは嘘つきなのですっ！」

信じがたいリノンの言葉に、マリーがやじを飛ばす。

「あぁ？　小娘、お主もかかってくるか？」

どうやらリノンは歳について触れられるのが嫌らしい。先程の数倍の圧力がほとばしる。

「ただの扇子でも、わらわが持てばこうして力を伝えることができるのでな」

彼女の周りに緑の光が現れ、扇子を包み込んだ。先程よりも力が増している。あれをまともにくらうとやばいと本能が告げてきた。

「今度はこちらから行くぞっ！」

リノンが動く。俺はずっと彼女の姿を視界に入れていたのだが、考えるよりも早く剣を動かしていた。


――ギイーン――

「目で追えなかったのですっ！」

先程までの動きが何だったのかというくらいに鋭く重い攻撃が連続で打ち込まれる。

「どうした、まだまだこんなものではないぞっ！」

笑みを浮かべ、踊るように扇子を振り回し攻撃を仕掛けてくる。キモノがたなびき視界を奪うので、気が付けば死角から扇子が伸びてきて急所を狙ってくる。

「くっ！　くっ！　くそっ！」

この間合いを制しているのはリノンだ。この距離で戦う以上、俺に勝ち目はない。そう判断して距離を取る。

【ヴァーユトルネード】

牽制のため、マリーからストックしていた風魔法を放った。

「甘いわっ！」

ところが、この攻撃は牽制にもならなかった。信じがたいことに、彼女は扇子を開くと魔法を受け止めてしまったのだ。

扇子が緑色に輝き、ヴァーユトルネードが吸い込まれていく。

「お返しじゃ」

リノンが扇子を俺に向かって扇いだ瞬間、留まっていたヴァーユトルネードが、今度はこちらに向かってきた。

「御主人様っ⁉」

「がっ！」

次々と予測のつかない行動をとられ、こちらの対応が遅れる。ストックする間もなく吹き飛ばされた俺は、マリーの結界にぶつかり、背中にダメージを受けた。

「つ、強い……」

古代竜の強さはデーモンロードや邪神と同等と言われている。

彼女なら特訓の相手に良いかと思ったのだが、認識が甘かった。

「弱い！　この程度か……がっかりしたぞ、小僧」

「な、何をっ！　御主人様は弱くないのですっ！」

マリーが俺を庇った。

「いや、小僧。お主は弱い」

あまりにもはっきりそう告げられた俺は、咄嗟に顔を上げた。

「そ、そんな言い方は……」

俺だって全力でやっている。言い返そうとするのだが、あまりにも冷たい視線を向けてくるリノンに気圧されて言葉を失う。

「そもそも、貴様はわらわを舐めておるのか？」

「いや、別に舐めたつもりなんて……」

相手は伝説の古代竜だ。格上を相手にするつもりで挑んでいる。

「いや、舐めておるじゃろ？　デーモンロードと戦った時の力を出しておらんのじゃから」

「あっ……」

リノン指摘は正しかった。俺は自分の力を試したくて、補助魔法の類を身体に掛けていなかったのだ。

「わらわなら、身体強化をせずとも勝てると？　わらわとて強化せねば貴様の剣で傷を負うからやっていることを、貴様はやっていない。これを舐めていると言わず何と判断すれば良いと？」

ここにきて、リノンが何に苛立っているのか理解した。全力勝負と言いつつ、俺が出し惜しみをしていたので怒っているのだ。

「ふむ、どうやら目が覚めたようじゃな」

「ええ、ありがとうございます。【ゴッドブレス】」

アリシアからストックしていた支援魔法を発動する。俺の身体が軽くなり力が溢れ出してきた。

「ふっ、ようやくか。だが、まだ足りぬと見えるな……。小娘、お主も加勢すると良い」

「ふぇっ！　で、でも、マリーが結界を消したら……」

「問題ない。わらわが結界も張ってやるからな」

より強固な結界が構築された。俺たちとの戦闘の片手間で結界を維持するつもりとは、本当に底が見えない。

「マリー、サポートを頼む！」

俺は彼女にもゴッドブレスを掛けると、剣を構えた。こうなったら俺がストックしている全力をぶつけてやる。

「ま、マリーは戦うとはまだ言って――」

「行くぞ、小僧、そして小娘っ！」

「って話を聞けえええええええええええええええ！」

マリーの絶叫を合図に、俺たちはふたたび激突するのだった。

「はぁはぁはぁ」

地面にボルムンクを突き立て、俺は息を整える。

「ううう、鬼ババァなのです。マリーは無関係と言ったのにぃ」

マリーが仰向けになり、涙で地面を漏らしている。

「ふむ、思っているよりも動きは悪くなかったが、まだまだ力の使い方が下手じゃな」

リノンは扇子を開くと顔を仰いでいた。俺たち二人を相手にまったく疲れた様子すらない。

だが、キモノのところどころが切れており、表面には血が滲んでいる。現在は治っているが、俺たちの猛攻で何度も彼女の肌を傷つけることに成功していた。

「小僧。お主の弱点は戦闘に集中せず周囲を見回すところじゃな。簡単な揺さぶりで周りを見るから攻撃に威力が出ぬ」

リノンが今の戦闘の評価を口にする。

「それは……」

確かに今の戦闘でも、マリーが吹き飛ぶたび一瞬そちらに視線を向けてしまい、リノンにその隙を突かれてしまっていた。

「他人を信じるというのは難しいことじゃ。特にお主のように突出した力を持っている場合はな」

俺はリノンのアドバイスを真剣に聞く。

「じゃが、お主一人でできることはたかが知れている。人族が繁栄できたのは、集まり、互いの弱点を補い、長所を利用してきたからじゃろう？」

俺はその言葉に頷く。

「邪神討伐にデーモンロード討伐。この世界における最強の一角を討伐したお主がこの先レベルアップするには、わらわと同格の古代竜を倒す必要がある。つまり、今のお主はほとんど成長しきった状態ということじゃな」

確かに、そのような相手ともなると簡単に見つからないので、俺の成長は頭打ちになっている。

「それでも、何もしないわけにはいかないんです」

皆の努力を見せつけられた俺は、成長限界が来ているからと言って、手をこまねいてなどいられない。

「のぅ、小僧や」

「なんでしょうか？」

「お主に一つアドバイスをしてやったと思うのじゃが、忘れたのか？」

「いえ、覚えていますけど……」

デーモンロードとの戦いの最中によぎった「仲間を信頼せよ」というリノンの言葉。お蔭で俺はやつに打ち勝つことができた。

「お主は人類では既に最強クラスの力を持っている。本当に大切な者を守ることに重点を置くのならやりようがあるじゃろ？」

「と言うと？」

「戦って生き残っているということは、デーモンロードのスキルを見たのじゃろ？」

俺は無言で頷くと、

「だったら、こういうのはどうじゃ？」

リノンは楽しそうに笑うと、俺にあるアドバイスをしてきた。

★

「ねえ、どうして私まで付き合わなければならないのよ？」

「良いではないですか、政務の方も落ち着いてきて、お姉様は剣の稽古をするおつもりだったのでしょう？」

ローラは振り返ると上機嫌な顔を私に見せた。

そのような顔を見せられてはこれ以上文句を続ける気にもならない。私は妹の後ろを歩きながら、数える程しか入ったことのないこの場所を見回していた。

天井が高く、窓には黒のカーテンが掛けられていて、太陽の光を遮る。

それでもかすかに差し込む光にはほこりが浮かんでいるのが照らされており、この古い建物の通気性の悪さが伝わってきた。

「大体、エルト君に頼まれたのはローラだし、私は古代の遺物《アーティファクト》だなんて言われてもわからないわよ」

少し不満を滲ませながら妹に話し掛ける。

私とは比べ物にならないくらい膨大な知識を持つローラは、いつもエルト君に頼りにされている。

「ですが、それをエルト様に託されたのは、お姉様ですよ。私としても現物がある方が助かりますし」

現在、私が首に掛けているのは【天帝の首飾り】という古代の遺物《アーティファクト》で、グロリザル王国に存在するカストルの塔で手に入れたものだ。

デーモンロードがこれを狙っていたので、今まではエルト君が【ストック】で秘匿していたのだが、滅んだ今になってデーモンロードがこれを狙っていた目的に迫るべきと考え、私に預けてきたのだ。

「お姉様が伝説の古代竜を見に行きたかったのは理解できますが、一国の王女が軽率に国を離れるのはあまり褒められた行為ではありませんよ？」

ローラはじろりと視線を向けると私に告げる。

「確かについて行きたいとは思ったけど……」

エルト君は今頃、修行ということでフィナス大森林にいるはずだ。

伝説の古代竜に稽古をつけてもらうと言っていたけど、興味もさることながら大丈夫なのかという心配が浮かんでくる。ローラの話を聞く限り、リノンというのは一筋縄でいかなそうな相手だからだ。

他人に対しては心配症なエルト君だが、自分自身に関しては無頓着なところがあるので、大怪我を負っていないか心配になった。

「ありました、この本です」

ここは城の図書館の禁書庫で、中には歴史の裏側を記した書物や、古代文字で書かれているがために閲覧を制限している書物などが置かれている。

私たちがここを訪れたのは、エルト君に頼まれた調べ物、この【天帝の首飾り】の伝説について調べるためだ。

私には聞き覚えがないのだが、ローラが「その首飾りが登場する神話を読んだ記憶があります」と言うので、書物を探しにきた。

「それでは、私は少しの間こちらを読ませていただきますので」

「ここで読むの？　外にしましょうよ」

薄暗くて息が詰まる。狭いところで声を出さずじっとしているのは、身体を動かすことが好きな私にとって拷問だ。せめて、自室かローラの執務室を希望してみるのだが……。

「その場合、司書に持ち出し申請をしなければなりません。エルト様から頼まれた件ですので情報規制を万全にしたいのです」

ローラの言いたいことは理解できる。情報というのは秘匿しようとすればする程漏れてしまうもの。特にこの件はデーモンロードが絡んでいるので、信頼できるものにしか話せない。

ローラは木で出来た椅子に座ると、魔法で光の玉を浮かべ、本をパラパラと捲り始めた。

私は妹の邪魔にならないように、そっとその場を離れると、禁書庫を歩き回った。

何気なく本棚を見ていると、懐かしい本を発見した。

「これって……」

棚から抜き、手に取ってみる。禁書庫にある書物は古いものが多いのだが、この本だけは装丁が綺麗で目立っていた。

「失くしたものだと思っていたけど、こんなところに紛れていたのね」

内容を思い出しながら本を開く。これは禁書ではなく、恋愛物語。

大国の王女と救国の英雄が結ばれる話だ。

かつて仲違いをする前の私たちは、夜に同じベッドに潜り込み、この物語を一緒に読んだものだ。

特に英雄がクリスタルガーベラを贈り、王女にプロポーズしたシーンは何度も読み返した。

私の胸がチクリと痛む。妹の胸元にはクリスタルガーベラが飾られている。エルト君はこの本のことを知らないので、そう言った意味が込められていないのは確かなのだが、憧れていたシチュエーションを叶えたローラを羨ましく思ってしまう。

「お姉様、こちらにいらしたのですね」

私が戻らずにいたせいか、ローラが呼びに来た。

「あら、その本は懐かしいですね。その物語に出てくるクリスタルガーベラが私の下にあるというのは感慨深いです」

本の装丁を見ただけで中身を察したのか、ローラは慈しむような表情を浮かべると、自身の胸元に掛けられたクリスタルガーベラを撫でた。

「何かわかったの？」

私は本題を切り出した。

「ええ、どうにか必要な情報は集まったかと思います」

自信満々にそう呟く。

「随分と早いわね？」

物語に没頭していたとはいえ、数十分も経っていない。

「元々、内容は頭に入っておりましたので」

妹はそう言うと話を続けた。

「やはりこの【天帝の首飾り】はとある魔導装置を動かす鍵となるアイテムのようです」

「それって……」

ローラは頷くと続きを話す。

「天空城です」

「空を総べ世界を支配することができるという……」

スケールの大きさに、背筋から汗が流れる。

「でも、私が知っている『天空城』の物語には【天帝の首飾り】なんて魔導具は出て来ないけど?」

ふと物語を思い出すと、私は妹の話におかしな点があることを指摘する。

「おそらく、何らかの意図があって伏せられているのではないでしょうか?」

その言葉に含まれたものを察する。

童話や神話などは神殿が発行している本を元にしている。

宗教や国もこの手の情報操作を行っているので、隠すからには理由があるのだろう。

ローラもそのことについては仕方ないと判断しているようだ。

「古代ルーン文字で書かれている文献に出てくる天空城を動かすのに必要な鍵には、確かに【天帝の首飾り】が出てきました」

ローラは先程まで読んでいた本の内容を私に説明する。

「それに、以前戦った十三魔将が『これで我々が世界を支配することができる』と言っていたことから、悪魔族が【天帝の首飾り】に関する魔導装置を使い、世界を支配するつもりだったのも間違いありません」

妹はパタンと本を閉じると考え込む。

「とにかくこれは、重大な話ですから。一度エルト様とお話しましょう」

ことが、世界を左右する魔導装置だけに、この場で何らかの結論を出すつもりはないようだ。

「もしかすると、他にもこの天空城について知っている人物がいて襲ってくる可能性もありますね」

意図的に隠しているということは、裏で何かしら動いている者がいてもおかしくない。敵の正体を想像し、ローラは少し身体を震わせる。

私に後頭部を向けている妹を見て、思わず手が伸びる。

「お、お姉様？」

頭を撫でていると、首を回し困惑した表情を浮かべた。人前では注目されているので、こういったことはできない。ローラは次第に目を閉じると、私にもたれ掛かってきた。

「安心しなさい。もし、何者が襲ってきても、私が守ってあげるから」

かつて、ローラを守りたいと胸に抱いた気持ちを再認識する。

「ありがとうございます」

しばらくの間、二人身を寄せ合って落ち着いた時間をすごす。外に出るということで、私も手に持った本を仕舞おうとするのだが、妹がそっと手を重ねてきた。

「そちらの本は借りて行きましょう」

私はローラと目を合わせる。

「今夜は久しぶりに二人で眠りたいです。一緒にその本を読みませんか？」

その提案に、私は笑顔で頷いた。

★

目の前のテーブルでは紅茶が注がれ湯気を立てており、高級菓子が並べられている。

その周りには、アリス・ローラ・俺・セレナ・アリシア・マリーの順でテーブルを囲んでいた。

ここはローラの私室なのだが、盗聴防止の魔法に加えてマリーにも結界を張るように指示をしていたので、物々しい空気が流れている。

俺とマリーがリノンの下から戻ると、セレナからローラの伝言で「話があるから来て欲しい」と告げられたので、こうして集まっているのだ。

「本日は、御忙しい中、足を運んでいただき、ありがとうございます。今日は、皆様に内密な話があるのです」

ローラの表情から緊張が伝わってきた。アリスはそんなローラを心配そうに見つめている。

「それにしたって、随分と厳重な結界を張ったのね、こんなのリノンくらいしか破れないんじゃないかしら?」

セレナは結界を見ると感想を告げる。確かに、これ程の結界を壊すには、邪神か古代竜クラスの力が必要になるだろう。

「ま、まさか……デーモンロードが生きていた、とか？」

アリシアが不安そうに俺を見た。ローラの緊張と、結界の強度から良くない想像をしてしまったらしい。

アリスが懐からある物を取り出し、テーブルの中央へと置いた。

「皆様をお呼びしたのは他でもありません、デーモンロード関連で驚くべき事実が発覚したからです」

皆がそれに注目する中、ローラが話し始めた。

「これって、グロリザル王国にあるカストル塔で手に入れた【天帝の首飾り】ですよね？」

アリシアが目の前に置かれた物の正体を言い当てた。

「これがそうなんだ、私ちゃんと見るの初めてかも」

セレナは興味深そうに覗き込むと、

「ねえ、触っても大丈夫？」

天帝の首飾りに触れて良いか許可を取る。

「大丈夫ですよ」

ローラが頷く。

「デーモンロードが狙っているってことで、ずっとエルトがストックしてたんだよね？　どうしてアリスが持っていたの？」

グロリザルとの協議の結果、デーモンロードが狙っている以上、俺が持っているのが一番安全だと判断された。

守り抜くためには絶対に表に出さなければよいと考え、これまで一度も取り出さなかったので、アリスが持っていたことをセレナは訝しんだ。

「それはこの古代の遺物《アーティファクト》の調査を俺が二人に頼んだからだよ」

ローラの授業を受けていた時に雑談をした際【天帝の首飾り】が記載されている書物を「城の禁書庫で読んだことがある」と告げられた。

これまでは、デーモンロードの間者がどこに潜んでいるかもわからず警戒していたが、指揮を執っていたトップは俺たちで滅ぼしており、イルクーツ国内に潜んでいた間者のあぶり出しはアリシアや聖杯を使って済ませてあった。

そんなわけで、念のためを考えて武芸に秀でたアリスに【天帝の首飾り】を預け、ローラの記憶を頼りに禁書庫を探ってもらったのだが、ローラの険しい表情を見る限り、とんでもない情報を掘り当ててしまったらしい。

「もう一度念押しします。ここで聞いた情報は他言無用でお願いします……特に、マリー」

ローラは鋭い視線をマリーに向けた。

「な、何で、マリーだけ名指しするのですっ！」

目の前の高級菓子に気をとられていて会話を聞いていなかった、マリー。ローラから名前を呼ばれると怒りを露わにした。

「ここにいる皆さまは、常識をわきまえておりますもの。時と場所と場合をわきまえないのはあなただけですよ」

確かに、一人だけ緊張と無縁な様子だったので、釘を刺されても仕方ない。機密ということでより重苦しい空気が流れていたところ、その空気をアリスが壊した。

「そう言うわりには、ローラ。あなた、悪魔族がイルクーツを攻めてきた時にマリーと戦ってなかったかしら？」

常識を説いていると、アリスがローラにからかうような言葉を口にする。

「あっ、あれは……四闘魔さんが私に、親しい者と憎しみあうスキルを使用していたからです」

「でも、倒した後も戦ってたんだよね？」

セレナがズバリと突っ込んだ。ことの顛末は、一部始終を目撃していた兵士によって俺たちに報告されているので、言い繕おうとしても無駄なのだ。

スキルで二人を操ろうとした四闘魔が、マリーとローラの攻撃に挟まれて、哀れにも巻き込まれて消滅したという、これまでに討伐されたデーモンの中でも、もっとも間抜けな結果も公式に記録されている。

スキルだけ聞けば相当厄介で、使い方次第では俺も危うく感じるデーモンなのだが、この二人を相手にしたのは不幸としか言いようがない。

「でも……あの時は、その……」

先程の険しい表情が消え、必死に言いわけをしているローラ。

「なるほど、仕方ないわね。だって、ローラにとってマリーちゃんは親しい相手だったみたいだし」

セレナも、この場の空気を察してか、笑みを浮かべてローラをからかう。

「あっ……」

自分の失言に、ローラは口を開いたまま言葉を失った。

「何なのです？　ローラはマリーのことが大好きなのです？　仕方ないのですよ」

口元に手を当て宙に浮かび回転し続けるマリー。からかってはいるが、とても機嫌がよさそうに見える。

「くぅぅぅ……」

赤面してマリーを睨みつけるローラ。屈辱的な表情を浮かべていた。

「その理屈だと、マリーちゃんもローラ様のことが大好きになるんですけどね」

「「あっ」」

アリシアの冷静な突っ込みに、お互いの顔を見合わせた。

「うううぅ……」

「ふぬぬぬっ……」

　両方とも恥ずかしそうな顔をしている。

　実際、この二人は気が合うのだろう。喧嘩はするが毎日顔を突き合わせているし、リノンの下で修業している間もふと気が付けば、マリーはローラの話をしていた。

　別な沈黙が、場を支配する。

「そろそろ本題に入った方が良くないかしら？」

　コホンと咳払いをして、アリスが皆の意識を呼び戻す。

「し、失礼しました」

　ローラも気まずそうな声を出すのだが、先程までの張り詰めていた空気はなくなった。

　アリシアとセレナと目が合う。彼女たちは、ローラをからかうことで、彼女の緊張をほぐしてあげたのだろう。

　ローラは深呼吸をすると、改めて話し始めた。

「デーモンロードが狙っていた【天帝の首飾り】。名前に聞き覚えがあったので、禁書庫に保管されている文献を当たってみたのですが、やはり間違いありませんでした」

「それは、どんな文献なんだ？」

　普段冷静なローラがあれ程緊張し、こうして結界を張るくらいの重要な内容が気になる。

「古代文明が誇る、空を支配する城塞型魔導装置『天空城』。それについて書かれている文献です」

流石に、誰もが知っている神話に出てくる伝説の存在の名前を言われて一瞬、ローラが何を言っているのかが理解できなかった。

「ねえ、どうして皆そんな顔するの？　天空城って何？」

そんな中、物語を知らないセレナが首を傾げる。

「そっか、セレナは迷いの森から出たことないもんね……。天空城というのは私たちが子供のころに聞かされる神話なの」

有名な物語なので、ほとんどの人間が知っている。しかし、あれにそんな名前の古代の遺物《アーティファクト》が出てきただろうか？

「世に伝えられている物語と文献では記述に違いがあります。おそらく、意図的に隠されているのでしょう」

俺が疑問を浮かべていると、質問を先読みしたローラが付け加えた。

「それにしたって、天空城よ。もし、デーモンロードの手に落ちていたら冗談抜きで世界が悪魔族に支配されていたわ」

物語に登場する天空城は一夜で世界の端から端まで飛び、万のドラゴンを相手に一方的に勝つ。城内には黄金の水やこの世の物と思えない程美味しい果実が実っており、訪れるものを永遠の幸せへと導いてくれるのだ。

「神話では、子供が喜ぶことに重点を置いていますが、実際の天空城は難攻不落の兵器ですね」

ローラがふたたび緊張した様子をみせると、文献に書かれていた伝承を皆に話して聞かせた。

「そんな、途轍もない魔導装置を使われたら、とんでもないことになるんじゃ？」

セレナが肩を抱き、震える。

「古代文明の最終兵器である天空城ですが、当然簡単に使えないように何重にも安全措置がとられています。起動には幾つか条件をクリアしなければならないのですよ」

「その条件って？」

俺が促すと、ローラは改めて結界が問題ないことを確認すると告げた。

「【天帝の首飾り】【神杖ウォールブレス】【生命の腕輪】【幻獣の盾】、この四つの鍵を所有している者を従え、天空城に足を踏み入れること」

「それって、つまり、四人の所有者に認められなければならないということか？」

天空城を所有する者と鍵の所有者は別らしい。互いを認め合うような結束の強い関係でなければ、天空城は動かせない。

そこまで強い制約で縛っているのか……。

「待ってください。今、ローラ様が上げた鍵の名前に聞き覚えがあります」

聞き覚えがあるも何も、その内の二つは目の前に存在している。

ローラは苦悶の表情を浮かべると告げた。

「天空城を解放する鍵の所有の条件は、所有者がいない状態で、魔力を覚え込ませることのようです」

「なるほど……、ということは？」

汗が背筋を伝い、俺はローラの言わんとすることを察してしまう。

「【天帝の首飾り】はお姉様が【神杖ウォールブレス】は私が所有者となっています。その証拠に……」

アリスが席を立ち、壁際までさがると胸元に手をやり念じた。

「えっ？　嘘っ!?」

セレナが声を上げると自分の手を見て驚いた。

「このように、持ち主が望めば自分の下に戻ってくる魔法が掛けられておりますので……」

「古代文明に存在している魔法の一つね。強力な魔導具なんかが盗難にあった際、手元に引き寄せられるっていう」

アリスの胸元で【天帝の首飾り】が輝いていた。

「不可抗力とは言え、私とお姉様が所有者となってしまいました」

少し落ち着けるため、俺たちは用意された菓子を摘まみ、紅茶を飲む。

紅茶はすっかりと冷めてしまったので、ローラが淹れ直したのだが、その際にアリシアとセレナが立候補したので誰が淹れるか少し揉めていた。

「うむ、今日の紅茶もなかなか良いのです。ローラは紅茶だけは美味しく淹れられるようになったのです」

マリーが紅茶の味を評価する。まるで自分専属メイドを自慢する貴族のような振る舞いだ。

「あなたのためではなく、エルト様のことを想って淹れたのです。当然美味しいに決まっています」

ローラは紅茶を口に含むと満足そうに頷き俺を見る。艶やかな唇に意識が向かい、ローラにキスされたことを思い出した俺は、視線を逸らした。

「エルト、顔が赤いけど風邪？　それともリノンに何かされた？」

セレナが顔を覗き込んできた。

「い、いや、平気だぞ」

俺は彼女から距離を取ると、一度咳払いをし、話の続きをした。

「それで、所有の話なんだが、どうにか外せないのか？」

俺は改めてローラに疑問をぶつける。ここまでで、どうして彼女がそこまで緊張していたのかが理解できた。

「他人に貸し与え利用することは可能ですが、あくまで預けた状態でしかなく、所有権は移らないようです」

ローラは、突然とんでもない古代の遺物《アーティファクト》の所有者になってしまい、いつ誰に襲われるかもしれないことを考え、おそれを抱いているのだ。

「おそらく、所有者がいない状態になる。つまり、本人が死ねば解除されるはずです」

つまり、実質解除方法がないことを意味する。

どうにか所有権を取り除き、本人の気持ちを楽にしてやりたいと考えたのだが、彼女たちにはもうしばらくの間、鍵の所有者でいてもらうしかないようだ。

「すまなかった、二人とも。俺が軽率だったばかりに……」

ローラに杖を贈り、調査のために首飾りをアリスへと預けた。そのせいで彼女たちは、悪魔族が狙うアイテムの所有者になってしまったのだ。

「私は構わないわよ。こうして伝説に関わるチャンスをもらえたんだもの。もし、私が所有者でなければ、エルト君は一人で行動するつもりでしょう?」

「……否定はできない」

リノンが言う通り、俺の弱点はこの場にいる皆だ。何者かが危害を加えようとするなら全力で護ろうとするだろう。そして、危険な場所があるなら連れて行かない。

「私もです。この杖がなければ切り抜けられなかった場面もあります」

ローラはそっと【神杖ウォールブレス】を撫でた。

二人から優しい視線が向けられ気まずい雰囲気が流れる。

「と、とりあえず、所有者の解除の仕方は後回しにしよう。その内情報を得られるかもしれないしな」

長寿のリノンなら何か知っているかもしれない。

「今後どうするかについてなんだが、特に問題がなければこのまま黙ってすごす方がいいか?」

ここでの会話は他に漏れていないので、俺たちが黙ってさえいれば天空城の秘密を墓場まで持っていくことが出来る。

「いいえ、そう言うわけにもいきません」

だが、ローラは首を横に振る。

「実はこれから話すことこそが本題なのですが、どうやらこの鍵となる古代の遺物《アーティファクト》、移動している間どちらの方角にあるのか知ることができるのです」

「文献で改めて所有者になったと感じて、それで試してみたのよ。そうしたら、ローラのいる方向をはっきりと示したわ」

アリスがそう告げた。

「そして、現在。鍵の一つが世に解き放たれているようです。先日から、何度か方角を確認しております」

「どこにあるんだ？」

ローラはテーブルを開けると、何本も線が描かれた地図を広げた。

指を走らせ、全員の視線を一点に誘導する。

「古代の遺物《アーティファクト》を所有している何か、それは現在、ガイア帝国にいると考えられます」

ローラはそう言うと、地図を指差すのだった。

『ふーーん、ここが人族の街なのね、サラ？』

ローズは興味深そうに周囲を見回すと振り返り、私に話し掛けてきた。

「……外ではあまり話し掛けてこないでください」

彼女は火の精霊王。見せたくない相手には姿を隠すことができ、現在、私以外に彼女の姿が認識できないようになっている。

ただでさえ、私は神殿や各国から指名手配されているのに、独り言を呟く様子を見られると、いらぬ注目を浴びてしまうだろう。

『平気でしょ、姿を変える魔導具を使ってるんだし』

注意したにもかかわらず、ローズは話し掛けてくる。

そんなものは聖魔法の【ディスペル】で解除することが出来るのは、何よりも聖魔法に精通している私が一番よく知っている。

『こんな、国境から遠く離れた街に、そこそこ高度な聖魔法使えるやつなんていないわよ』

確かに【ディスペル】はそれなりに高度な魔法なので、使える人間は少ない。

「それでも、念には念を入れる必要がありますから」

何せ自分たちは今追われる身。慎重なくらいがちょうどよい。

『まあ、せっかくの変装もその無駄な脂肪までは隠せないもんね。そこが大きいやつはすべからく頭が悪いのよ？』

ローズが私の胸に顔を近付けると、憎しみの宿った瞳を向けてくる。

「それは……あなたの偏見では？」

火の精霊王である彼女は、人間離れした美しさを放っているのだが、今目を向けている部分がとても乏しい。

『いいえ、間違いないわ。特にライトグリーンの髪をツインテールにしてるやつとかは最悪よ』

具体的な例をあげてそう主張する。この場にいない誰かを思い出して怒りを露わにしているようで、周囲の気温が上昇し、通行人が怪訝な表情を浮かべた。

「ひとまず、そういう人物がいたとしても大人しくしておいてください。今は他と揉めている時ではありませんから」

私はローズにそう牽制をすると、市場に足を踏み入れた。

『ちょっと、あれ美味しそうじゃない！』

ついてきたローズは鼻をひくつかせると、私の腕を揺さぶる。

「はぁ……少し、待っていてください」

食事をしている間くらい静かになるだろう。私は屋台へと近付くと、

「そこの串焼きを二つください」

肉汁を滴らせる串焼きを指差し注文した。

「はいよ、二千ビルだ」

「……随分と、高いのですね？」

国や地域によって値段がバラバラなことはよくあるのだが、ここまで極端に高いのが気になる。

「最近、原材料の価格が高騰していてな、どうしても値上げせざるを得ないんだ」

壮年の店主は苦い表情を浮かべ、ぼやいた。

「何か原因があるのでしょうか？」

私は突っ込んだ質問をする。彼は周囲を見回すと、誰もこちらに注目していないのを確認し、小声で告げる。

「例の国がだな。食糧を買い集めているらしいんだ」

私はそれである程度の事情を察する。

「なるほど、また戦争が始まるのですね？」

邪神が滅んで以来、この世界は争いが絶えなくなってきた。小国は連合を組み大国を牽制し、いくつかの国は戦争をしている。

これまでと違い、生贄を捧げる必要がなくなった。ロードは各国の内側にデーモンを送り込み、火種を仕込んでいた。

各国がこれまで戦争を控えていたのは、邪神に目を付けられたくないという点もあったのだが、ロードの仕掛けが欲望を煽り、彼が滅んだ後も順調に火種は拡大し、現在に至ったというわけだ。

「本当に、救いがたいですね」

自分たちのことしか考えていない為政者に怒りを覚える。

『早く、早く寄越しなさいよね』

私はテーブル席まで移動すると、他にも買った料理をテーブルに並べた。

彼女は串焼きを手に取ると、早速美味しそうに頬張る。人族の争いごとなど、彼女にまったく関係ないのだろう。今の会話も興味がないのか聞き流していた。

私はアゴに手を当てると、少し考え込んだ。

「この後、例の場所に案内してもらうという話でしたが……」

『ん？』

ローズだけが知る最後の一つの鍵に通じる場所。ロードへの協力は拒んだ彼女だが、私にはなぜか協力的だ。

「その前に、一つやって欲しいことができました」

私は幸せそうに串焼きを食べるローズに、あることを頼むのだった。

★

見上げる程に巨大な壁が存在している。

石を積み上げたその壁は数十メートルにも及ぶ高さで、この壁の向こうには数十万の人間が住んでいるという。

現在、俺たちはガイア帝国の帝都ガイスを訪れていた。

帝都ガイスは街の外をすべて壁で囲んでおり、中心には帝城が存在している。

これ程までに広大な範囲に高い壁を築くには多大な労働力に資材、それに資金が必要だ。

ガイア帝国は軍事国家として有名で、この壁は国防の象徴としてそびえ立っており、その建造には多くの国家が帝国に支払った賠償金が使われているらしい。

「身分証は問題なし。いいか、門を潜ったら問題行動を起こすんじゃないぞ」

「はい。わかりました」

俺は兵士に返事すると馬車を動かす。何名かが舌打ちをするのだが、原因はおそらく……。

「とりあえず怪しまれることなく潜入できましたね」

馬車の中にいる四人の女性のせいだろう。

今回、俺たちはお忍びでイルクーツを出てきた。国内の悪魔族の残党は排除しているが、俺たちの動向を探っているのは悪魔族に限らない。

どこからか情報が洩れてしまい、天空城の件が広まるのは避けたかった。

「お蔭で、エルトは大勢の女性を侍らせる商人ってことになったけどね」

入国の際、馬車の中を改められて全員の身分証を確認されたのだが、俺は商人で彼女たちは秘書やメイドという肩書を名乗っている。いずれも美人揃いだったことから兵士たちの嫉妬を買ったと言うわけだ。

そうこうしている間に先の方に陽の光が差し込んでいた。

「凄いのです！　建物が隙間なくびっちり立っているのですよ！　高いのです！」

宙に浮かんだマリーが、建物を見て元気な声を出している。

俺たち以外に姿を見えないようにしていたので、一人だけ兵士のチェックを逃れていた。

外壁門と内門。二つの門を潜り抜けて帝都に入る。

その街並みを見た俺たちは一様に言葉を失った。

最初に目にしたのは馬車が十台は並んで進める道路で、ひたすら真っすぐ伸びているその一番先には、ガイア帝国を象徴する帝城が見える。

道路の両側には高い建物が並んでいる。外壁と同様に灰色の建材で建てられたそれは、重厚な雰囲気を漂わせており、その大きさに俺たちは圧倒されていた。

「帝都ガイスには全部で八の門があります。東西南北に存在している正門と、それぞれの角にある副門。私たちが入ってきたのは西門ですね」

ガイア帝国はイルクーツの王都から東に馬車を二週間走らせた場所にある。

両国が交易を行っており、街道が整備されている。俺たちは今回、街道を使って旅をしてきたので、そのまま西門を利用した。

「帝国は領地の規模が広いため、領地経営に関しては東西南北にわけ、四人の領主を据えて自治権を与えているのです」

ローラがすらすらと説明をしてくれる。

「その上には皇帝がいて、四人の領主を統括しているのだけど……」

アリスが言葉を濁したのには理由がある。現在の皇帝はお飾りとなっており、実質的に帝国を運営しているのは四人の領主だからだ。

「それにしても、歩いている人がほとんどいないのね？」

セレナは馬車の窓から顔を出すと街並みを見回した。

「帝国での主な移動手段は馬車になります。国民であればどこに行くのも無料なので、徒歩で移動する文化があまりないようです」

「全部無料って、そんなことが可能なんですか？」

確かにアリシアの言う通り、乗合馬車を動かしている人間も収入がなければ生きていけない。

「ええ、それが可能な理由として、帝国ではすべての国民を住民登録して管理しております。赤子でも老人でも一律して安くない人頭税を支払っており、それらを使うことで国営事業を回しております」

ローラはセレナとマリーを見ると、もう一つの理由については触れなかった。

「でも、建物ばかりで木や花がほとんどないのね。私はイルクーツの方が好きかも」

こうして街並みを比べると、確かにガイア帝国は整備されているが、どこか息苦しさを感じる。

イルクーツも主要な道は舗装されているし、公園や広場などがところどころにあり、住人が集まり楽しそうに談笑している姿を見られるが、帝国の国民は物静かというかどこか暗い表情を浮かべている者が多い。

「そう言えば、お店が一つもないんだけど」

「マリーはお腹が空いたのです。屋台がないと困るのですよ」

マリーとセレナの言葉を聞いて改めて周囲を見る。

よく考えると帝都に入ってから露店や屋台などを見ていない。

「この帝都では景観を重視しているから、店舗はすべて建物内にあるのよ」

ジャムガンさんに連れられて、何度か帝国に足を運んだことがあるアリスが説明をする。

帝都では、生活排水の類は地下に流しており下水道を通って川に放流しているらしい。すべては景観を損ねず、街中にゴミを出さないためらしい。

「帝都の人たちはこの凄い建物を所有しているのか？」

一つ一つが広く大きい建物だ。俺が住む屋敷の敷地くらいの広さがある。

今のところ、帝都の建物は大体この大きさなので、これを個人で所有するにはとてつもない資産が必要ではなかろうか？

「極一部の貴族や大商人は建物自体を所有していますが、大抵の国民は賃貸ですね。帝国は国民の管理がしっかりしており、貧困に苦しむ者はそれ程おりません。両親を失った子どもなどは国が管理し、帝国が所有する物件に住ませているのです」

「それは……凄いことですね。神殿でもすべての子を救うことはできません。施設を作り保護をしていますが、それだって人数に限界がありますから」

アリシアは苦い表情を浮かべそっと右手を胸にやった。

「徹底した区画整理と都市計画。すべての人を余すことなく管理するこの体制は、確かにそう言った点では良いのでしょうね」

俺は事前にローラから説明を受けているので、その裏で虐げられている存在がいることを知っている。

「そろそろ宿に到着するわね。値は張るけど、評判の良い宿なので着いたらゆっくりと休みましょう」

アリスが城の人間から聞いた帝国の宿へと案内する。俺は久々にベッドで眠れると考えると、手綱を持つ手に力が籠るのだった。


馬車を停めて宿へと入る。

アリスが手配した宿は六人部屋らしく、それぞれが自由に行動していた。

セレナはマリーと一緒に宿の施設を確認に行ったし、ローラは書類を広げると、この先の予定について検討している。

アリスはアリシアに帝国について説明しながらお茶を楽しんでいた。しばらくして、セレナとマリーが部屋に戻ってくると、興奮した様子で話し掛けてきた。

「凄い宿よね。屋敷やお城で慣れたつもりだったけど、圧倒されるわね」

「色んな魔導具がそこらにあって、気温を管理したり、水が出たりしたのです」

ローラの説明によると、帝国は簡単な魔導具を作ることができる古代の遺物《アーティファクト》を保有しているらしい。そのお蔭で、周囲に川がなくても水源を確保でき、薪がなくても火を起こすことができるとか。

「ここは帝国内でも五本の指に入る高級宿だからね、値段が高い分、妙な客もいないし安心して寛ぐことができるわよ」

女性連れの――特に、彼女たちは人目を引く容姿を持つだけに、安宿を利用した時にトラブルが起こることは想像できていた。

「それにしたって、ちょっと落ち着かないわね。こういう豪華な調度品があると触れるのが怖いし」

無駄に高そうなものが飾られている。マリーが触れたそうにしているのをセレナが背中を引っ張り止めている。壊すととんでもない金額になりそうなので、流石としか言いようがない。

「慣れているセレナでそうなら、私なんてもっと緊張しちゃうよ」

アリシアはそう言うと苦笑いを浮かべる。高級品の取り扱いに緊張しているようだ。

「だったら、アリシアも引っ越して来ればいいのに。屋敷の部屋は余っているし、私はアリシアとも一緒に暮らしたいわ」

「ふおおおっ！　アリシア、引っ越してくるのです？」

セレナとマリーがアリシアを屋敷に引き込もうと勧誘している。彼女は俺にチラリと視線を向けてきた。

「確かにそれは魅力的な提案なのだけど、私は両親と一緒に暮らしているから」

彼女の両親の顔が浮かぶ。俺はイルクーツにいた時は月に二度、彼女の実家を訪れてはアリシアの両親とお茶をしながら近況報告をしていた。

幼いころに両親を失った後、俺の面倒を見てくれたアリシアの両親は、俺にとっても親同然の存在だ。もし彼らが望むのなら一緒に住むのはありかもしれない。

「えええっ！　マリーと一緒に住んで欲しいのです。そうすればもっとアリシアと一緒に遊べるのですよ」

アリシアの腕を掴んでぐいぐいと引っ張るマリー。

「でしたら、アリシアも屋敷を手に入れたらどうですか？　今ならエルト様の屋敷の近所に幾つか空き物件がありますよ」

「ローラ様、いきなり何を⁉」

「確かにそれも有りよね。聖女の肩書きもあるし、デーモンロード討伐に貢献したんだから報奨として望めば可能よ」

アリスも乗り気でローラの提案を支持した。何やら必死な様子で他の屋敷を進めている。

「わ、私はお屋敷だなんて……そんな贅沢は……」

「御両親も喜んでくださいますよ」

「私が色々教えてあげるから」

「毎日遊びに行くのですよ」

ローラとセレナとマリーが詰め寄りアリシアの退路を塞いでいく。

「エ、エルト……」

俺に助けを求め手を伸ばすのだが、

「頑張れ」

あの三人が積極的になっている以上、止めることができない。俺は笑顔で応援した。

「そんなぁ……」

それから、三人に「あーでもない、こーでもない」と話し掛けられているアリシアを横目に俺は寛いでいた。

「それにしても、結局いつも通りなのね」

騒がしい会話から抜け出したアリスが近付いてきた。

「まあいいんじゃないか、俺たちだけでいる時くらいは」

たとえ場所が変わっても普段通りに振る舞えるのは良いことだ。

「明日は帝国東側の街に移動して、その翌日に東門から出るんだったよな？」

帝都は広く、馬車を使って直線距離を走らせても逆側の門まで二日は掛かる。俺たちの目的は、帝国領土内にいる天空城の鍵を保有している人物だ。

アリスとローラに所在を調べてもらったところ、帝国東付近を転々と移動しているらしいので、最短で東に抜けるためこうして帝都を突っ切っているのだ。

「一体、どんな人物が古代の遺物《アーティファクト》を保有しているのか？」

「おそらく、帝国貴族だと思うわ。いずれにしても、一筋縄ではいかない相手でしょうね」

場合によっては、ローラとアリスを外して他の人間だけで訪ねる必要もある。

俺は所有者が話の通じる相手であることを祈るのだった。

「妙ですね」

ローラは地図を広げると首を傾げた。

「どうしたんだ、ローラ?」

ガイア帝国東門を抜けた俺たちは、いくつかの村を経由すると、鍵の反応がある方向へと進んでいた。

「いえ、かすかに鍵の気配を感じるのですが、その方向が曖昧になっており定まらないのです……」

ローラは【神杖ウォールブレス】を掲げると、杖先を振って方向を確かめていた。

「アリスはどうだ?」

「私は、ローラ程はっきりわからないけど、あっちに反応がある気がするわ」

二人はまったく別の方向を差した。

天空城への鍵同士は、移動している際に反応があるらしく、こうしてここまで来たのだが、反応が怪しくなったようだ。

「もしかすると、何か仕掛けてきた可能性がありますね」

ここまで、不確定要素の強いものを頼りにきていたせいか、困惑を隠せない。

「どうする、どっちに進む?」

この遠征は、ローラが主導で進めている。天空城の鍵を辿ることも古代ルーン文字を読むことも彼女にしかできないので、決定に従うことにしていた。

「いえ、片方だけを追いかけてしまい、そちらが罠だった場合、取り逃がしてしまうおそれがあります。ここは二手に分かれて追跡しましょう」

ここにきて、俺たちは戦力を分ける判断をすることになった。

★

『こっちは順調よ、サラ』

通信魔導具を通じて、ローズの声が聞こえてくる。

彼女と私は、現在別行動をしている。

私はロードが用意していた拠点に滞在し、資料を漁っており、彼女には頼みごとをしていたのだが……。

「怪我人は出ていませんか？」

私は不安になり質問する。

『言われた通りにやっているわよ。まったく、つまんないわね』

退屈そうに溜息を吐いた。

「その調子でどんどん暴れてください」

『いいけど、そっちの準備はまだ終わらないわけ?』

「もう少しです。準備が整いましたら合流して――」

私はローズに告げると、自身の目的のための準備に戻るのだった。

★

「マリー、もっとしっかり飛んでください」

頭上から、ローラの苦情が聞こえてくる。俺はマリーに両腕を脇に差し込まれており、ローラはマリーの背中に乗っている状態だ。

「うるさいのです。人型のまま、二人を運ぶのは大変なのですよ」

現在、俺とマリーとローラは、三人で空を飛んでいた。

「仕方ないじゃありませんか、このメンバーであれば素早く移動することができるのですから」

ローラが考えたのは、反応があった片方は人里離れた山奥なので、マリーに運んでもらって最短で確認するという方法だった。マリーとローラの二人だけならもっと早く移動できるのだが、イルクーツで四闘魔と戦った例もある。

この二人を野放しにするのは危なっかしいということで、俺が護衛に付くことになった。

「まったく、御主人様と二人きりの時とはえらい違いなのです」

セレナとアリシアにはアリスが反応を感知した方に進んでもらっている。おそらく、あちらは争うことなく楽しくやっているのだろう。

「あなたでは、鍵が少し移動しただけで探れないでしょう。私だって、エルト様と二人きりになりたいのに」

途中から声が小さくなってしまい、風に遮られ聞き取ることができなかった。

二人はそれからしばらくの間、口喧嘩をしながら飛行を続けていたのだが……。

「や、ちょっと……耳動かさないでよ!?」

突然、ローラが艶かしい声で抗議した。

「敵が現れたのですよ」

どうやら、マリーが持つ索敵の魔導具が反応したらしい。遠くにごま粒程の大きさの何かが空に浮かんでいる。

ざっと見た限り百以上。

「あれ……何?」

「ワイバーンなのです」

マリーは俺たちよりも目が良いので、その正体を口にした。

「えっ、でも……。帝国領土でワイバーンが生息しているのはもっと東南側のはずですよ。飛行モンスターの生息域は避けているはずなのに……」

ローラは空中戦を経験したことがないし、運び役のマリーには余力がなかったことから、ワイバーンなどの生息地域を避けるルートを選択していた。

だというのに、群れに遭遇してしまうとは運がないのではないか？

「降りてやりすごしましょうか？」

ローラが早速そう提案をしてくる。

「一度降りると、ふたたび高度をあげるのに力がいるのです。時間がかかるのですよ？」

マリーの飛行は風を操る力業なので、人二人を抱えて上昇するだけでそれなりに時間が掛かる。急いでいることから、ここで時間を消費するのは避けたかった。

「それに、あのワイバーンたちが生息域から出てきたのなら、この先でも色々遭遇する可能性はあるのです。そのたびにやりすごしていたら、きりがないのです」

「うーん、最悪杖なしでも魔法は使えますが、空中だと使った魔法の影響でこちらもバランスを崩してしまいます」

「この上、風や爆発の影響があると飛行が困難なのですよ」

現在の俺たちは空に浮かぶ的みたいなもの。高威力の魔法は、放った後の影響をもろに受けるので厳しいらしい。

「それならカバーできると思うぞ」

「エルト様？」

俺は思いついたことがあったので、二人に告げる。

「実はリノンから提案されて、特訓しているスキルがあるんだ。まだ完璧ではないけど、これを使えば何とかなると思う」

「私は何をすればよろしいですか？」

戦闘する方向に意識が向いたのか、ローラは俺に指示を仰いだ。

「相手は飛行モンスターだからな、風で乱してやればいい。ローラは風系の魔法は使えるよな？」

「ええ、一応、ヴァーユトルネードも撃てますけど……」

「マリーに比べれば威力は落ちるのです」

「ワイバーンが近付いてきたらそれを撃って欲しいんだ」

「ほ、本気ですか!?」

「御主人様、流石に風に巻き込まれたら飛ぶのは不可能なのですよ!?」

二人が慌てた声を出す。

「大丈夫だから、俺を信じて突っ込め」

まもなく、ワイバーンの姿が近付いてくる。

「わ、わかりました。何かあったらマリーを下にして落ちますから」

彼女が了承している間に、俺は特訓しているスキルを使い始める。ヴァーユトルネードはマリーの得意技なので、これまで何度も放っている。感覚は掴んでいるはずだ。

「行きます！　ヴァーユトルネード！」

暴風が吹き荒れ、向かってきたワイバーンたちが自由を奪われ、翼を切り刻まれて落ちていく。

「よし、今だっ！　突っ込め！」

「い、行くのですっ！」

合図と共に、ヴァーユトルネードへと突っ込む。

「えっ？　完全に無風？」

マリーが戸惑った声を上げた。

「この、緑の光は……。エルト様の仕業なのですか？」

「ああ、ヴァーユトルネードと同じ波長のオーラを出して、同調しているんだ」

「エルト様、それってとんでもないスキルですよ⁉」

「相手の攻撃をすべてなかったことにするスキル、使い方次第で最強になるのですよ⁉」

デーモンロードが使っていた【シンクロ】。それを実験してみたのだ。

「しれっととんでもないことを言います。私も散々皆様から規格外と評価を受けますけど、真の規格外はやはりエルト様ですね」

「御主人様は常識では測れない御方なのです」

散々な言われようだ。

「それにしても、ワイバーンは素材としても優秀なので勿体ないですね……」

ヴァーユトルネードに巻き込まれて落ちていくのを見て、ローラがポツリと漏らす。

「もしかして、回収できるかも？」


――シュンッ――


次の瞬間、落ちている最中のワイバーンが消えた。

「「なっ⁉」」

頭上から二人の驚く声が聞こえてくる。

「ワイバーンが消えましたよ⁉」

「御主人様がやったのですか？」

俺は二人に説明してやる。

「今は俺自身がヴァーユトルネードの状態だから、その範囲内で死んだモンスターもストックできるようだな」

新たな発見だった。

「あの、二人とも？」

黙り込む二人。せめて何らかのリアクションが欲しい。

「「……はぁ」」

だというのに二人は同時に溜息を吐くと、

「マリー、そのまま進んでちょうだい」

「わかったのです、今なら魔法に護られているので飛びやすいのですよ」

二人仲良く俺をスルーすると飛び続けるのだった。


「ここら辺で反応があったはずなのですが……」

ワイバーンを蹴散らしてから半日。俺たちは、ガイア帝国北東の山岳地帯に来ていた。

「今はその反応はどうなっている？」

俺はローラに質問をする。

「まるで、こちらをおちょくるかのように反応が消えてしまいました」

不可解な声を出すローラ。

「ローラ、あれは何なのです？」

マリーが一点を指差した。

「こんなところに洞窟？」

目を凝らしてみると、崖の途中に洞窟があった。周囲を山に囲まれているので、こんな洞窟は空を飛ばなければ発見できない。

このまま浮かんでいるのも厳しいので、俺たちはひとまず洞窟に降り立った。

「ここは……古代文明の遺跡ですね」

目の前には巨大な扉が存在しており、入り口付近に腰程の高さの、漆黒の置物が存在している。

「これは【制御パネル】と呼ばれる、古代文明の遺跡を操作するための装置です」

なぜここが古代文明の遺跡とわかったのか、ローラが説明を付け加えた。

「鍵の反応が消えた場所に古代文明の遺跡がある……、何か嫌な予感がするな」

「ええ、まったくの無関係ではないでしょう」

俺とローラは同じ判断を下した。

「無視したくても、ここに何かある可能性がゼロでない以上、私たちはこれに挑むしかありません。もしかすると、魔導装置が動いて天空城の鍵が内部で移動した結果なのかもしれませんし……」

ローラとアリスの感知は、あくまで移動する鍵に反応している。現に、アリスが動かない時は位置を探ることができなかった。

「このメンバーなら何とかなるだろう」

「そうですね」

俺はローラの頭脳に全幅の信頼を置いているし、荒事なら俺とマリーで十分対応可能だ。何より、ここまで来て手ぶらで戻るのも悔しい。

「決まったのです。早速、攻略するのですよ」

「あっ、マリー待ちなさい！」


——ゴンッ——


「い、痛いのです」

方針が決まるなり扉に向かったマリーだったが、見えない壁に頭をぶつけてしまい涙目になり俺たちに訴え掛けてきた。

「この古代文明の遺跡は結界によって守られているんです。生半可な力では壊すのは不可能ですよ」

ローラはマリーにそう告げた。

「それを先に言えなのです！」

「言う前に突っ込んだのはあなたでしょう。まあ、多分やるとは思ってましたけどね」

口元に手を当てて微笑むと、マリーをからかった。

「とりあえず、この【制御パネル】を弄って、結界を解除するところからですね」

「どのくらいかかりそうだ？」

俺はローラに質問した。

「カストルの塔と同等なら数時間、それより複雑でも半日あれば解除可能だと思います」

半日は長いな……。ふと、俺は邪神の城から脱出した時のことを思い出す。

同じように壊せないだろうか？

「二人とも、ちょっと離れてくれ」

二人が俺の後ろに下がるのを見届けると、

「イビルビーム」

範囲を絞り、結界をくりぬくようにイビルビームを動かした。少しして、人が通れるくらいの穴が空く。

「よし、今のうちに中に入ろう」

振り返り、穴が閉じる前に潜り抜けるように促す。

「「……………そうですね」」

二人は何やら疲れた表情を浮かべ、俺についてきた。

「前に、邪神の城で同じような結界があったからやってみたらいけたな」

「んっ？　それって、邪神の城にも同じような結界があったと？」

ローラが怪訝な表情を浮かべた。

「とりあえず探索するのです」

聞き返そうかと思ったが、マリーが進むので俺はその機会を逸した。

★

「帝都から離れると落ち着くわね」

セレナは馬車の外を見ると目を細めた。

「そんなに違う？　私にはよくわからないのだけど」

アリスは首を傾げると、手入れを止め、剣を鞘へと納めた。

「ええ、周囲を漂う微精霊の数が全然違うからね。帝都にはほとんど微精霊がいなかったわ」

これまで、セレナはエリバン・グロリザル・イルクーツと、いくつもの国をまたいで旅してきたのだが、地域の差はあれど、微精霊が多数存在していた。

だというのに、帝都にはほとんど微精霊が存在していなかったのだ。

「それは、セレナにしかわからないと思うよ」

馬車を操縦しているアリシアが会話に加わってくる。

「ガイア帝国は色々きな臭い噂があるから……」

噂だが、魔導具を作る古代の遺物《アーティファクト》は微精霊を強制的に吸いあげて作っているらしい。そのせいで帝都には微精霊が少ないのではないかとアリスは推測した。

「アリス様、鍵の反応はどうでしょうか？」

街道が分岐に到達したので、アリシアはどちらに向かえばいいのかアリスに確認をする。

「ん、ちょっと待ってね」

アリスは【天帝の首飾り】を握り締めると鍵の方向を探った。

「……多分、右の方だと思うわ」

アリスは自信なさそうに告げる。天空城の鍵の位置を調べるこの探索方法は、動いている者にしか通用しない上、あくまで感覚的に方角がわかるものなので、読み取る人間によって若干の誤差が出るのだ。

ローラは、試行回数を増やすことで、移動方向の直線を結び、移動速度と交差する点を割り出してガイア帝国東領に鍵を所有する者がいると特定したのだが、彼女と離れてしまうと途端に精度を欠いてしまう。

「ローラ様の鍵と、向かった先の鍵は感じ取れますか？」

アリシアはついでに、エルトたちの動向をアリスに質問した。

「残念ながら、どちらもわからないわね」

反応がないということは、どこかで立ち止まっている可能性が高いようだ。

ローラだけではなく、もう一つの鍵の在処もわからないというのは、何やら誘導されているようで気持ち悪さを覚えるが、あちらには人族最強クラスのエルトと、大賢者の称号を持つローラがいる。風の精霊王マリーまでいることから考えて、あの布陣を罠に嵌めようとした場合、嵌めた相手の方がまず無事では済まないだろう。

アリシアは、アリスの指示に従って馬車を進めると、しばらくして村が見えてきた。

畑では、野菜が育てられていて、牧場では家畜がのどかに日向ぼっこをしている。

比較的穏やかな農村のようだ。

「ん、妙ね？」

幌から顔を出し、正面を見ていたアリスは怪訝な表情を浮かべた。

「どうしたの、アリス？」

セレナも顔を出す。両側から顔を出されて落ち着かないアリシアは、手綱を緩めると馬の速度を落とした。

「普通、こういう農村の場合、兵士が数人滞在していればいい方なのよ」

ところが、村の入り口付近には数十名の兵士が武装して立っている。

「もしかして、私たちのことがばれていたんでしょうか？」

アリシアが不安そうな声を出した。

「それはないわよ。国を出る時、誰にも行先は告げてないし、帝国領を移動中も尾行はなかったはずよ」

途中まで、ローラとマリーが見張っていたので、これを掻い潜って追跡するのは四闘魔とて無理な話だ。

「どうします、引き返しますか？」

アリシアがアリスに指示を仰ぐ。

「ここで引き返したら怪しんでくれと言うようなものよ。打ち合わせ通りに話せば問題はないはず」

一応、アリシアが商人でセレナとアリスが護衛の冒険者ということになっている。特に問題はないはずなので、あまりにも挙動不審な様子を見せない限り、見過ごしてもらえる可能性が高い。

「そこの馬車、ちょっと止まるように」

「どうかしたんですか？」

アリシアが兵士に話し掛けた。

「現在、この村より先へ進むことは禁止となっている」

「私たち、このまま東に旅をして隣国のルーンブルクまで行く予定なんですけど……」

街道の閉鎖とは穏やかではない。国が街道を抑える理由と言うのは基本的に二つ。

一つは戦時で、通行する人間を規制するためだ。もしかすると、帝国が隣国に戦争を仕掛けるためではないかとアリスは疑った。

「いや、今は行かない方がいい」

疑いの視線を受けて、兵士は苦笑いを浮かべると事情を説明する。

「実は、近隣の村を荒らし回るモンスターが現れてな、これより東にある村のいくつかが被害にあっているんだ」

「それは、怪我をされた人もいるのでは？」

話を聞いたアリシアは、眉根を寄せると村人の安否を確かめた。

「一応、死者は出ていない、畑が焼かれて家畜を逃がされたくらいで、逃げる途中に転んで怪我をした農民が何人かいるくらいだ」

「それは良かったです」

「そんなわけで、現在はそのモンスターを討伐するため、俺たち帝国兵が出張ってきているわけだ」

事情の説明を受けて、アリスは納得する。

「どうしますか、アリス様」

これより先に進めないとなると、鍵の所在を探ることができない。アリシアはアリスに指示を仰ぐのだが……。

「例のモンスターが現れました！」

兵士の叫び声が聞こえた。

「住民は急いで、この場を離れるんだ！」

兵士の声が響き、人々が避難を開始する。

兵士たちは、陣形を組むとモンスターを迎え撃つ。

「どうして、不死鳥がこんな場所に？」

弧を描くように村の上空を飛び回っているのは、全身を炎で赤く染め、火の息を吐いて畑を焼き払っている不死鳥だった。

「これ以上、帝国領を荒らさせはせぬぞ！」

指揮を執っていた騎士が叫ぶ。

「多少の被害はやむ終えん、帝国に害をなす幻獣、ここで確実に仕留めて見せるぞ！」

『はっ！』

兵士たちは気合の入った声を上げた。

大型盾を持つ重装備兵が前に出ると盾を構え、後方にいる魔道士と弓部隊が攻撃の準備を始めた。

「撃てぇーーー！！！」

不死鳥が真上を通過しようとした瞬間、騎士の合図で一斉攻撃が始まる。

水球や岩弾、それに金属でできた矢が撃ちだされ不死鳥へと向かった。

『ケエエエエエエエエエエッ！！！！』

ところが、不死鳥は直前で加速すると攻撃をすべて避けてしまった。

「次だ！　急げっ！」

攻撃を避けられたことで、動揺しそうになった兵士を一喝して立て直す。

「あの動きは生半可な魔法や矢では無理よ」

セレナは冷静に、帝国兵たちの戦力が不死鳥に通じないことを分析する。

態勢を立て直しつつ攻撃を仕掛けるのだが、何度やったところで矢は不死鳥の羽根すらかすめることはない。

しばらくして、帝国兵を脅威と認識しなくなったのか、不死鳥は畑を燃やし、柵を壊して家畜を追い立て始めた。

「くっ⁉　このままやつのやりたいようにさせるしかないのか……」

人間同士の戦争であれば、鍛えられた帝国兵は力を発揮するのだが、この場で暴れているのは不死鳥だ。どうにかするには、突出した力を持つ人間でなければ不可能。

「ねえ、このままだとあの人たちやばいんじゃない？」

セレナが真剣な表情でアリスに話し掛けた。既に、隊列は崩壊し、放たれた火に捲かれて火傷を負っている者もいる。

考えてみれば、兵士がこちらに集中しているということは、先に進むチャンスでもあるのだ。今は、エルトから託された使命があるので、そちらを優先しなければならない。そう考えるアリスだったが……。

「アリシア、私とセレナに【ゴッドブレス】を、セレナは弓の準備をしてちょうだい」

「アリス!?」

「アリス様!!」

アリスは、二人に指示を出した。エルトのことを考え、彼ならどうするか検討した結果、エルトなら帝国兵を見捨てないと思った。

「あの不死鳥を追い返すわよ!」

アリスは力強く宣言した。

「リジン、お願い。風の結界を張ってちょうだい」

セレナは風の中級精霊に命じると、不死鳥の炎から身を守る風の結界を張り巡らせた。

これまでは、狭い範囲しか守ることができなかったのだが、デーモンロード討伐後に契約精霊が成長したお蔭で、より強力な精霊魔法を扱うことができるようになったのだ。

「おおっ、これは……」

指揮を執っていた騎士の声が聞こえる。

周囲の熱が引き、うだるような暑さが消え、涼しさが漂う。

「ありがとう。助かったわ、セレナ」

アリスはウインクをすると、セレナに礼を言った。

『ひいいいいっ！』

『熱い！』

『誰か、水魔法で消火してくれっ！』

だが、問題はまだ解決していない。不死鳥の放った火が燃え移った兵士の何名かが苦しそうな声を上げていた。

「ルグレ、お願い。燃えている人たちに水を掛けてあげて」

セレナは水の中級精霊、ルグレに命じる。

次の瞬間、空中から水が飛び、苦しんでいる兵士たちの火を消した。

「まさか、精霊魔法なのか⁉」

ここにきて、騎士は何が起こっているのか理解する。噂では聞いたことがあるのだが、一部のエルフは精霊を使役することで様々な自然現象を操ることができる。

魔道士も同じような現象を引き起こすことはできるが、発動までに時間が掛かる上、威力や速度の微調整ができないのだ。

「どうする？　こうも散らばってたら守り切れないわよ？」

消火したとはいえ、兵士たちはそこらに転がり苦しそうにしている。ふたたび、不死鳥が火を放てば同じことの繰り返しだ。

「そこのあなた、兵士たちを引かせてちょうだい」

アリスは騎士に指示を出した。

「な、何を言う。放っておくとあの不死鳥に、畑が焼かれてしまうのだぞ」

「どちらにせよ、このままでは畑も人も守れません！」

「うぐっ……」

確かに、現時点で不死鳥を止める手段を持ち合わせていない以上、留まったところで畑を守ることはできない。

「全員、その場から下がれっ！」

騎士が命令を下す。

「怪我をしている人は、後方に治癒士がいるからっ！　治療を受けてちょうだい」

後方ではアリシアが火傷を負った兵士の治療をしている。彼女に任せておけば問題ないだろう。

アリスとセレナはお互いに目配せをすると、前に出た。

「それじゃあ行くわよ、アリス」

「ええ、よろしくね、セレナ」

二人の身体からオーラが立ち昇る。それは不死鳥の目にも留まり、新たに出現した脅威と判断された。

不死鳥が火の羽根を降らせ攻撃を仕掛けるが、すべて風の膜に防がれる。

アリスは宝剣プリンセスブレードを抜き、セレナは虹色に輝く弓を携え不死鳥の動きを視線で追い続けた。

「まずはあいつを地面に落とすわ。アッサ頼んだわよ」

セレナはそう言うと、弓を弾き絞り空へと向ける。

弓と弦の間に光の線が発生し、次第に太くなっていく。

「これが、エルフの力……なのか……」

その光景を村にいるすべての人間が見ていた。

「シャイニングアロー！」

不死鳥が通るより早いタイミングで矢を放つ。これでは当たらない、騎士がそう判断したのと同じく、不死鳥もそう考えたのか速度を変えることなく目の前を通過した光の矢を気にすることはなかった。

不死鳥は空中で静止し、矢を放った者を見極めようと地上を見下ろしていた。

「ブレイク！」

セレナの合図と同時に、上空から数十本の光の矢が降り注ぎ、不死鳥の羽根をずたずたにした。

『ケエエエエエエッ⁉』

攻撃を受けた不死鳥はふらふらしながら下降する。

「この間合いなら届くわっ！」

アリスは剣を正面に構えると、風の力を引き出し、剣身に纏わせた。優しい緑色の光が剣のみならず彼女の全身を覆った。

「風の刃よ、敵を切り刻みなさい……【ウインドブレード】」

剣を振ると真空波が発生し、不死鳥に襲い掛かる。

『ケエッ⁉　ケエエエエエエッ⁉』

先程まで、涼しい様子で畑を焼いていた不死鳥が確かに苦しそうな声を上げている。

「いいぞいいぞ、そのまま倒してくれっ！」

気が付けば、その場の人間すべてがアリスたちを応援していた。

不死鳥の身体の一部がキラリと輝き、怪我が塞がり空に浮かび上がる。

その瞳は憎悪に燃えており、アリスとセレナを敵として認識していた。

「アリス、一気にたたみ掛けるわよ」

「あれの出番ね？」

一瞬で回復されたことから、長期戦は不利だとさとった二人は、まだエルトにも見せていない最大の必殺技で決着をつけることにした。

「私の光の精霊の力をすべてアリスの剣に託して……」

「プリンセスブレードの力をギリギリまで引き出して……」

アリス王女が持つ剣身が次第に眩しく輝く。

『ケエッ!?』

先程までとは比べ物にならない程のオーラを感じた不死鳥は、自身の攻撃を捨てると翼をはためかせ、その場から離脱することを選択した。

「これが私たちの……」

「持てる最強の攻撃よっ！」

次の瞬間、不死鳥の身体が白く輝いた。

「インペリアルクロス」

おそろしい威力の攻撃が繰り出され、不死鳥へと向かう。

『クエエエエエエエッ！』

次の瞬間、不死鳥の鳴き声と共に周囲を光が満たした。

★

「ん？」

マリーが突如立ち止まった。

「どうしたのですか？」

首を傾げるマリーに、ローラは話し掛けた。

「何か、妙に懐かしい気配がした気がするのです」

頭に手を当て、何やら探る様子を見せているのだが……。

「駄目なのです、気のせいなのです？」

「もし体調が悪いのなら言ってください。私一人でも攻略に支障はありませんから」

ローラが気遣いを見せた。

「大丈夫なのです、胸の奥がぶわっとして、嫌なものが滲んだだけなのです。きっと気のせいなのですよ」

「それって、嫌なことがあった時になるやつじゃあ？」

そのまましばらく、俺とローラはマリーの様子を気にしながら進んでいくのだが……。

「ここから先は、慎重に進みましょう」

入り口にもあった制御パネルと巨大な扉があった。

「遺跡の内部の制御パネルともなると、今まで以上に慎重に行動する必要があります。ここに浮かぶ古代ルーン文字を解読し、正しい文字を選択しなければ扉は開きません」

イビルビームで扉をぶち抜こうかと一瞬考えたが、この先がどうなっているのかが見えないので止めておく。

「選択を間違えたらどうなるのです？」

「その時は、致死性の罠が発動することもあるらしいわ」

ローラの説明に、俺たちは背筋が冷たくなるのを感じた。マリーは手を伸ばしていた操作パネルからゆっくりと手を放した。

「だから、マリー。私が触るから、くれぐれも、余計なことは、しないでね」

先程の先走りの件があるからか、一言ずつ区切って言い聞かせると、ニッコリと笑って見せる。あれは、ローラが本気で怒っている時に見せる笑顔なので、マリーも言い返すことなく首を縦に振り続けた。

「さて、今回の遺跡の暗号はどんな感じでしょうか。エルト様、私がすぐに解読してしまうので見ていてくださいね」

「あっ！　ずるいのですっ！　ローラ一人だけ御主人様に褒められるのは許さないのです！」

ローラとマリーが同時にパネルに触れる。

『ユーザーの確認を行います。質問にお答えください』

「なんだ⁉　どこからか声がするぞ⁉」

男とも女とも判断のつかない声が部屋中に響きわたる。俺は剣を抜くと、相手がどこから仕掛けてきても良いように警戒する。

「ご安心ください、エルト様。これは、古代文明の遺跡にある、音声で受け答えする機能の一つですから」

「なのです、よくあるやつなのです」

「……二人がそう言うなら構わないけど」

この二人にとっては常識かもしれないが、得体の知れない存在に、俺だけは何があっても動けるようにと内心で警戒を切らないようにしておく。

「まったく、マリーは余計なことをするんですから、いいですか？　この先の問いかけを間違えると何が起こるかわからないんです。間違えて答えたりして、くれぐれも足を引っ張らないでくださいね」

「何をー！　そっちこそ、マリーの知識量に震撼すると良いのです！」

二人の間で火花が散る。

「それでは、扉の解除を行います」

ローラはそう宣言すると、パネルを操作した。

『ユーザーに、問いかけます』

二人は真剣な表情を浮かべると、一言も聞き漏らさないように集中する。

『ローラ、が、最後に、おねしょ、を、したのは、いつ、ですか？』

「なあああああああああああああっ⁉」

ローラの叫び声が響き渡った。

彼女は滅多に取り乱すことがないので、このような声を上げるような姿は新鮮だ。

「なななななっ⁉　何て質問をされるのですかっ！！！！！」

「ぷぷぷ、ローラ。早く答えるのです」

マリーは口元に手を当てると、意地悪な顔をしてローラを煽った。

「くううううっ…………じ、十歳の春頃です」

顔を真っ赤にして、涙目になりながら答える。

『正解です』

「あはははははははははは、ローラは十歳までお漏らしをしていたのです。はははははっ……ゲホッゲホッ！」

宙で回転しながら笑い転げるマリーをローラは射殺さんばかりの目で見ていた。このままでは殺人ならぬ、殺精霊事件が起きてしまう。

俺はローラに同情する。両親を失い、アリシアの家でお世話になっていた時に同様のそそうをしてしまい、アリシアに知られるのが嫌で夜中に洗濯をして干して誤魔化したことがあった。

アリシアのお母さんは「あらあら、自分で洗濯して偉いわね」と生暖かい目で見てくれたが、アリシアは「どうして洗濯したの、エルト？」としつこく追及してきたからだ。

「エルト様、そんな目で見ないでください……ううぅ」

多分、今の俺は、アリシアの母親と同じような目をしているのだろう。

「もうっ！　いつまでも笑ってないで、次ですっ！」

ローラは目を逸らすと、パネルを操作した。

「流石、ローラなのです！　確かに今の質問はマリーには答えられなかったのです！　ローラは凄いのですよーーー」

上機嫌でからかい続けていたマリーだが……。

『ユーザーに、問いかけます』

次の質問が始まる。

『マリー、が、かつての、仲間に、した、一番酷い、悪戯、の、内容、を、告白、して、ください』

「なんですとーーーーー!?」

今度は、マリーの絶叫が響く。

「ほらほら、マリー。早く告白してください。言っておきますけど、嘘は駄目ですからね」

先程、さんざんからかわれていたローラは、ここぞとばかりに反撃を開始する。

目が笑っていないので、相当根に持っているらしい。

「うぐぐっ……、昔一緒に旅をしていた時、マリーのことを『無駄に脂肪を蓄えた馬鹿』と悪口を言ってきたクソ鳥の羽根を、寝ている間に毟って、人族の街にばら撒いたことがあるのです」

『正解です』

「うわぁ、仲間によくそこまでできますね……。エルト様、マリーを傍に置くのは危険ではないでしょうか？」

「うぐぐぐぐ」

普段なら言い返すマリーが、悔しそうに歯ぎしりをしている。

「ご、御主人様ぁ」

マリーは視線を外すと、縋るような目で俺を見た。

「ま、まぁ。やってしまったことは仕方ない。次に会った時に謝るんだぞ？」

契約者として、ここで甘やかすのは良くないだろう。俺は、マリーにそう告げた。

「何なのですっ！　この質問は！　どうして、マリーのプライベートを暴くのですかっ！」

興奮しているせいか、風が発生して衣服を揺らした。

「多分、さっき触れた時に、私たちの記憶を読み取ったのでしょう」

ローラがポツリと呟いた。

「……と言うことは？」

おそるおそる振り向いたマリーはローラを見た。

「この後の質問すべて、私とマリーに関するものなのでしょうね」

「嫌なのですっ！　マリーの悪行をこれ以上知られたくないのですっ！」

よほどのことをしてきたのか、マリーが両手で頬を挟み絶望の表情を浮かべる。これは内容を確認したら後で説教をしなければならなそうだ。

『ユーザーに、問いかけます』

ビクンと、二人の肩が揺れる。

「あわわわわわ」

「はわわわわなのです」

顔面が蒼白になり、死刑宣告を受けるかのような様子で質問を待つ二人に、

『――――……』

音声は容赦ない質問攻めを始めるのだった。


「ううううっ、もうお嫁にいけません」

「もう破滅なのです。お終いなのですよ」

頭を抱えながら、嘆く二人。古代文明の問いは容赦なく、二人にトラウマを植え付けた。

「お、お疲れ様」

苦笑いを浮かべ二人を労う。

「いつまでも、嘆いていても仕方ありません。これでようやく先に進むことができます」

気を取り直したローラは、開いている扉を探った。

そこには――。

★

「はぁはぁはぁ……何なのよ！　何なのよ！　何なのよっ！」

アリスとセレナの必殺技を羽根に受け、どうにかフラフラとその場を離脱した不死鳥は、人が入ってこられない洞窟に逃げ込むと、その姿を変えた。

「どうして、人族があんなに強いのよっ⁉」

先程まで不死鳥の姿をしていたのはローズ。彼女は人型に戻ると肩を抱き、先程の戦いを思い出す。

途中まで、邪魔してくる帝国兵士を適当にあしらいながら、これまで通り畑に火を放ち、家畜を追い立てた。

サラからは、帝国兵は空への攻撃手段が乏しいので簡単にあしらえると聞かされていたローズだが、あんな存在は完全に想像外だった。

「あの二人、とんでもない強さだったわ」

五属性の精霊が宿る宝剣を持つアリス、光の上級精霊と弓を操るセレナが攻撃を繰り出してきた姿をローズは思い出した。

長年の経験から、人族は連携が得意で、巨大な相手に集団で身を守ることで種族として繁栄してきたことは知っている。

だけど、あのように強い者同士が連携すると、あそこまでになるのか……。

「……本気さえ出せれば負けないのに」

ローズは唇を噛みしめると、悔しそうな表情を浮かべた。

数千年ぶりに目覚めたということもあるのだが、邪神に呪いを掛けられているので、本来の力を出し切ることができない。

「せめて、サラが精霊使いなら良かったのに……」

主人を得ることができれば、魔力をもらって回復も可能だけど、現状、回復手段は地道に食事を摂って魔力に変換するのと腕に嵌っている腕輪に頼るしかない。

「とにかくっ！　あいつら次に会ったら容赦しないんだからねっ！」

ローズは二人の顔を思い浮かべると、復讐を誓うのだった。

★

古代文明の遺跡から脱出した俺たちは、連絡を取り合うと帝国の北門付近の宿で合流した。

「それで、遺跡の中にはほとんど何もなかったのね？」

現在はお互いにあったことを報告している最中なのだが、俺たちの空振りに対して、アリスが確認をしてくる。

「ええっ！　まったく、許せません。あれだけ大変な思いをさせておきながら」

「あんなトラップを作った古代文明人、見つけたら切り刻んでやるのです」

ローラとマリーが拳を握り怒りを露わにしている。よほど、古代文明の遺跡での件がトラウマになっているようだ。

「でも、ローラとマリーちゃんなら古代ルーン文字も読めるし、謎解きも簡単だったんじゃや？」

セレナが首を傾げるが、二人は遺跡でのことを思い出し、顔を真っ赤にした。

「そこには触れないでやってくれ」

俺はセレナの肩に手を置くと首を横に振る。図らずも二人の恥ずかしい情報を知ってしまった俺は二人に同情していた。

「……まあ、エルトが言うならこれ以上は聞かないけど」

アリスとアリシアも何かを察したのか頷く。

「それより、そっちの方も気になるんだが、不死鳥と戦ったんだって？」

ざっくりとした話は合流前に聞いているが、不死鳥のような幻獣と遭遇したと聞いて心配していた。

「ええ、最近、帝都周辺に現れては村を襲っている個体がいたらしくてね、帝都周辺の農村に帝国兵が配置されていたわ」

俺たちは、北門から入る前に少し村を見て回ったのだが、どこも警戒が強かったのはそのせいらしい……。

「アリシアに支援魔法を掛けてもらって、セレナと連携を取って追い返したけど、最後の攻撃をちゃんと当てられていれば……」

アリスは悔しそうな表情を浮かべた。

「凄いじゃないか、不死鳥と言えば文句なしに最強クラスの幻獣だぞ」

リノンなど、伝説として伝わっているネームドモンスターではないようだが、その強さは大国の精鋭部隊でも多大な犠牲を払わなければ退けることができないと言われている。

「そこまで騒ぐ程の存在だったかしら？」

「確かに空からの攻撃は脅威だったけど……」

二人とも首を傾げると微妙な反応をした。

「御二人はエルト様からいただいた武器がありますし、デーモンロード討伐で随分と強くなっていますから。普通の国であればそこまでの武器や防具を揃えることもできません。その影響が大きいのでは？」

　しきりに首を傾げる二人に、ローラは補足を加えた。

「確かにね、武器と鎧、マントまで。すべてに精霊の加護を持たせるなんて贅沢すぎるわ」

　魔力制御の訓練にちょうどよいので彼女たちの装備を借りて微精霊を付与したため、彼女たちの装備には様々な属性への耐性がついている。

「そう言えば、確かにその通りかも。ありがとうね、エルト」

　セレナが感謝を態度で表すと、肩を寄せてきた。

「そ、それより、そっちの方はどうだったんだ？　鍵は見つかったのか？」

　他の女性陣から、ただならぬオーラを感じたので、俺はセレナから距離を取ると、報告の続きを聞く。

「それが、かなり近くまで接近したのだけど、今はもう反応がないのよ」

「それって、どこかに潜伏しているってことかな？」

　移動していなければ探ることができない。

「今しがた確認しましたが、何度やっても引っ掛かりませんね」

　ローラが探索した結果を告げてくる。

「結局、どちらも空振りかぁ……、一体どうなってるのかしら？」

　わざわざ帝国領地まで来ておきながら、やったことと言えば古代文明の遺跡の調査と不死鳥との戦闘だ。

どちらも手間が大きいわりに得るものが少なく、肝心の天空城の鍵は見つかっていなかった。

もっとも、まったく何もなかったわけではなく、古代文明の遺跡では――

「そのことで、一つ気になったんですが……」

ふと思い返していると、給仕に徹しながら話を聞いていたアリシアが手を挙げた。

「不死鳥の身体の中に、何やら腕輪のような物が見えた気がするんですけど」

「本当なの、アリシア？」

アリスが身体を起こすと、アリシアへと向き直った。

「あっ……、いえ、見えた気がするだけかもしれませんので」

皆の注目を浴びながら手をパタパタ振る。はっきり見えたわけではないらしく、自信なさげな態度だった。

「不死鳥みたいな鳥頭が鍵を手に入れてどうするというのです。あいつは三日前の晩餐だって覚えていられない愚か者なのですよ」

空に浮かび、足組みをしているマリーが不敵な表情で悪態を吐く。古代文明の遺跡の質問の回答に、たびたび不死鳥が登場していたので、因縁があるようだ。

「アリシアの見間違いの線も確かにあるかもしれませんが、所有者が空を飛べると考えれば見失ったことにも辻褄が合いますね」

位置を探るのは、あくまでその時点で移動している場合による。所有者が不死鳥だというのなら、短時間で遠くまで鍵を運べてしまうため、位置を絞るのが一気に難しくなる。

「ひとまず、アリシアの証言もありますし、問題の不死鳥が鍵の所有者と考えて作戦を立てることにしましょう」

「具体的にはどうするつもり？」

セレナからの質問に、ローラは満面の笑みを浮かべると、

「当然、狩るのですよ」

これから追い込まれる不死鳥に、俺は若干同情するのだった。

★

『ひっ⁉』

「どうかしましたか、ローズ？」

突然、怯えた声を出すローズにサラは怪訝な視線を送る。

『何か、急に悪寒がしてきて……』

巨大な鳥の頭が動き、周囲を見回す。

「あ、あまり首を動かさないでください」

現在サラは、不死鳥の姿のローズの首にしがみつき空を飛んでいる。不死鳥は炎を身に纏っているので、熱くて近付けないと思われがちだが、ローズは炎の温度を自在にコントロールすることができるので、サラの身体は暖かさに包まれていた。

「それにしても、不死鳥が悪寒を覚えるとは、なかなか面白いことを言いますね」

『……煩いわね』

サラが言葉尻を捉えてからかうと、ローズは不機嫌な返事をする。

『やっぱり、あれがないと結構疲れるのよね』

ローズがそう告げる。

「仕方ないです、持ち運んでいるとまた狙われてしまいますからね」

傷だらけで戻ってきたローズから報告を受けたサラは、遭遇した相手をアリスとセレナだと看破した。

『べ、別にあんなやつら次に来たら余裕なんだし……』

「あの方たちは、邪神とデーモンロードを滅ぼした英雄の仲間ですよ、今のあなたで倒すことができるのですか？」

ぶつけてみて向こうの戦力を削ることができるというのなら、囮にすることも考えるが、今のローズには別な役割がある。失うわけにはいかないとサラは考えた。

『い、今は先に手に入れるものがあるから、復讐はそれが終わってからよ』

「それがいいですね、後どれくらいで着く予定ですか？」

現在、二人は帝国領を南下している。帝国の南には海が広がっているのだが、その先に目指すべきものがあるのだ。

「私が仕掛けた誘導に引っ掛かったことも考えると、彼らも天空城の鍵を探し始めたと考えて間違いないでしょう」

現在、向こうが保有している数は二つだが、最後の一つを押さえることができれば互角に戻すことが可能だとサラは考えた。

『なるほど、つまり、早い者勝ちってことなのね』

それを聞いていたローズは飛行速度を上げる。

「ちょ、ちょっとっ!?　速すぎますよっ!?」

サラは振り落とされないように、羽根を強く掴む。

『鍵を取られたら、困るんでしょう？　だったら急がないとね』

そう言われると背に腹は代えられない。サラはローズの羽根に顔を埋めると、振り落とされないように無言で強く抱き着くのだった。

「ここが、今回の目的の遺跡よ」

目的の場所に到着し、人型に戻ったローズは洞窟内を見上げる。

サラが作り出した魔法の明かりを受けてキラキラと虹色に輝く地肌は、ここが特殊な鉱石の採掘場でもあることを物語っていた。

「まさかここまで来るのが大変だとは思いませんでした」

ここは帝国南にある海に浮かぶ小島に存在する洞窟だ。途中、気流が乱れている場所もあり、ローズですら飛行が難しかったが、サラの【ゴッドブレス】などの支援魔法で強引に突破してきた。

今回、ローズの案内でこの場所を訪れたサラは、ぐったりした様子を見せている。

「それにしたって、モンスターが襲ってこなかったわね。流石私、有象無象はおそれおののくものなのよ」

ローズは胸を張る。サラは懐からある首飾りを取り出すと。

「この【悪魔王の威光】のお蔭です。これがあればモンスターは近付いてこられませんからね」

デーモンロードの宝物庫には、膨大な量の魔導具が存在していた。モンスターを近付けない魔導具や、転移を可能にする魔導具、他にも装備することで自身の能力を底上げできる物等など……。

正しく使えば数国を滅ぼすことすら可能。それだけの魔導具をサラは一人で保有している。

「悪魔族の目的は天空城を手に入れることでしたから。遺跡を攻略する部隊も存在していたので、便利な魔導具がたくさんあるのですよ」

自身の手柄ではなかったと聞かされ、ローズは表情を変えた。

「は、反則じゃない。そんなの⁉」

「ひとまず、ここに天空城を動かすための最後の鍵があるというのですね？」

「前の御主人様でも攻略を断念したからわからないけど、多分ここしかないと思うわよ」

ローズの言葉に頷くと、サラは南海の孤島に存在している【海底遺跡】の洞窟へと足を踏み入れるのだった。

「とにかく、まずは不死鳥を追いかけるべきだろうな」

報告を聞いて、俺は自分の判断を皆に告げる。もし本当に、天空城の鍵を持っていると言うのなら見過ごすことはできない。

「そのことについてですが、私は急ぐ必要はないと考えております」

「どうしてそう思うんだ?」

俺はローラに確認する。

「今回の騒動についてですが、おそらく何らかの意図があっての行動だと思われます。実際、私たちは鍵の反応に誘い出されたことから、何者かが先回りをしているとしか思えないのですよ」

俺たちが向かった先でも、アリスたちが向かった先でも、天空城の鍵の反応は途中で消えてしまった。こうなると、何者かが関与しているとしか考えられないとローラは言う。

「でも、デーモンロードは滅んだはずでしょう? 私たち以外に天空城の鍵を探す者はいないはずじゃない」

アリスは皆の目を見ながら話した。

「はい、確かにその通りですね。天空城を動かすための鍵となる古代の遺物《アーティファクト》の詳細はこの場の人間しか知らないはず。誰かが漏らしていない限りは……」

皆の視線が自然とマリーへと向かう。

「は、話してないのですよ⁉」

慌てて否定するマリー。

「あれだけ念入りに釘を刺しているのです。マリーが漏らしたとは考えていませんよ」

「ううう、ローラは良いやつなのです」

両腕を組み、感激した表情をローラへと向ける、マリー。

「だとすると、一体何者が私たちより先んじてるの？」

アリスが皆に問いかけた。

ローラが眉間に皺を寄せ考える。俺も考えていると、ふとある人物が浮かび上がった。

「「サラだっ‼」」

同時に声を上げ、ローラと視線が交差する。

「以前、俺とアリシアはデーモンロードの罠に嵌められ、洞窟へと連れていかれた。あれも古代文明の遺跡だった」

「四闘魔であり、デーモンロードのもっとも身近にいた彼女なら、天空城の鍵について聞かされていても不思議ではありません」

断定するわけにはいかないが、現時点で他に候補もいない。こちらを警戒しているようなやり口からして、力押しとは違うので、悪魔族らしくないと思っていた。

「もしサラが不死鳥を使役しているとしたら、相当厄介よ？」

サラは世界を自分の思う通りに作り替えるつもりなのだ。天空城を手に入れたら何をするかわからない。

「急いで不死鳥を倒した方がいいんじゃない？」

セレナがそう告げる。

「いえ、逆ですね。急ぐ必要はありません」

「どういうことですか？」

アリシアが説明を求めた。

「幸いなことに、鍵の二つは既にこちらが所有しているからな。サラの目的が俺たちと同じ天空城なら、他の鍵を探す段階でどこかで遭遇することになる」

俺はローラに代わって理由を説明してやる。

「そっか……。出遅れたとは言っても、それだけで不利になるわけじゃないんだ」

俺が続けて説明をすると、アリシアが感心したような声をあげた。

「俺たちが今一番おそれなければならないのは、ローラとアリスを害されて鍵を奪われることだ。それを防ぐ意味でもなるべく固まって行動した方が良いだろう」

彼女たちはそれぞれ一騎当千のつわものだ。今回の不死鳥も退けているし、大丈夫だとは思うが……。

「それって、エルト君がずっと守ってくれるってことかしら？」

「そうでしょう、お姉様。エルト様は言葉にしたことは守る御方なので」

行動で示すように、二人は両側からぴったりと俺に身を寄せてきた。

「と、とにかくだ。俺たちは不死鳥討伐よりも、最後の鍵の奪取を優先するべきだろうな」

反応を逆手に振り回されてしまったので、これ以上不死鳥を追いかけても手玉にとられるのは変わらない。

それならいっそ、最後の鍵を手に入れてしまえば、向こうから接触してくるしかなくなる。

「でも、最後の一つの在処がわからないんじゃ？」

「それなのですが、私に情報があります」

セレナの質問にローラが答えた。

「どういうことよ？」

「先日攻略した古代の遺跡ですが、実は所在が私の記憶の片隅にあったのです」

「それって、ローラ様の分析によって遺跡の場所を暴いていたとかですか？」

アリシアの問いに、ローラは首を横に振る。

「非常に皮肉な話なのですが、これは本来私の記憶ではありません」

「どういうことなのです？　わかりやすく言うのです！」

「私があの遺跡を認識していたのは、ドゲウの知識からなのです」

「ドゲウ……あいつ……ね」

アリスも苦い表情を浮かべる。無理もない、二人は、あいつに身体を乗っ取られ、アリスは危うく命を落とすところだったのだ。

「もう、あんな思いはたくさんです」

「ローラ」

思い出したのか、悲しそうな表情を浮かべるローラの肩に、アリスはそっと触れた。

「操られている間、私はドゲウに記憶を読み取られていたのですが、同時にドゲウの記憶も私に流れ込んで来たのです」

その時に、アリスの記憶を読み取ったお蔭で、彼女がいかにローラを大切にしていたかが伝わり仲直りできたのだという。

「その記憶の中には、悪魔族が調査していた古代文明の遺跡があったのです」

ドゲウはローラの身体を奪った際にこう言った。

『この娘の知識があれば他の古代文明の遺跡も発掘することができそうだ』

「つまり、ローラの頭の中には悪魔族が調査していた古代文明の遺跡の位置が入っているということなのです？」

マリーの問いに、彼女は頷いた。

「それで、古代文明の遺跡はどこにあるの？」

アリスの問いに対し、ローラは地図を広げると一点を指差した。

「帝国の北方にある山脈、その奥にある悪魔族が【深淵遺跡】と呼ぶ古代文明の遺跡。人類でこの遺跡に足を踏み入れた者はなく、調査したデーモンのほとんどが戻ってこられなかったようです。ドゲウの知識の中から選ぶなら、ここが最有力で間違いありません」

俺たちの次の目的地が決定した。

★

大量の汗が流れ、ローブが身体へと張り付く。鼻や口から入り込む熱気が、サラの体力をじわじわと奪っている。

ガイア帝国南部に浮かぶ周囲を山に囲まれた孤島、そこの洞窟にのみ入り口が存在している【海底遺跡】の内部は、天井が透明な壁でできており、頭上から太陽の光が差し込むせいで、もの凄い暑さとなっていた。

「何よ、だらしないわね。自分で来たいと言っていたくせに」

流石は不死鳥だけあってか、ローズは暑さに強く、汗一つ掻くことなくケロッとした様子で遺跡内を進んでいた。

「し、仕方ないじゃないですか。私たち人族はそこまで高温に強くないのですから」

一方、サラはと言うと、話すだけでも熱気が入ってくるので、息を切らせながらどうにか足を動かしている有様だ。

「だったら、魔導着を着ればいいじゃない。強力なのを持っているんでしょう？」

「……うっ」

いやらしい笑みを浮かべるローズ。確かにサラはデーモンロードの宝物庫から多数の魔導具を持ってきており、中には気温を下げて快適さを保ち、さらには防護魔法まで付与されている魔導着も大量にあった。

「言っておくけど、サラが倒れても私は知らないからね。こんな海の奥深くで一人干からびて人生を終えるなんて、無駄に乳が育った女にふさわしい末路よね」

「……その一言は余計です」

サラはローズを睨みつけると、このままでは彼女の言う通りになってしまうと考える。

「……着ればいいのでしょう。ちょっと、向こうを向いていてください！」

サラはそう言うと【マジックバッグ】から目的の物を取り出し、手に取ると嫌そうな表情を浮かべた。

「くっ……脱ぎ辛い」

この暑い中、ずっと着ていたせいで、衣服が肌に張り付いて脱ごうとするのを妨害する。

サラは苦労して服を脱ぐと、用意した魔導着を身に着けた。

次の瞬間、身体から熱が引いていった。最初は涼しさを感じ、身体の火照りを収めた後は熱すぎず寒すぎず。まるで水の中にいるかのような心地よさだ。

「流石は古代文明の魔導着。素晴らしい性能です」

着てみると、あまりの快適さに驚く。腕を回してみても動きを阻害されない。

適所に対して正しい装備を身に着けることこそ、探索では重要なのだなと、サラが装備の重要性を認識していると、

「うわぁ、まるで痴女みたいね」

いつの間にか振り向いて、サラの魔導着姿を見ていたローズは、口元に手を当てるとニヤニヤと笑い、感想を告げた。

「し、仕方ないじゃないですか。サイズが合うものがなかったんですからっ！」

そう、適所に使える魔導着は水着タイプ、それも露出が激しいものしかなかったのだ。

「でも、それ確かに涼しそうなのよね。私も着てみようかしら？」

ローズはマジックバッグから取り出していた他の魔導着を手に取ると着て見せる。

――ストンッ――

サラはさっと顔を逸らした。ローズが魔導着を着た瞬間、衣装はすとんと、腰の付け根にある翼まで落ちた。

先程からかわれたように、からかい返すという発想が浮かぶが、サラにその選択肢は選べない。もし選んだ場合、自分が焼け焦げる未来しか見えなかったからだ。

二人の間に沈黙が流れる。

「ねぇ、古代文明の魔導着ってクソじゃないかしら？」

ローズの言葉を、サラは肯定も否定もしなかった。魔導着に不備はなかった、なければならなかったのは……。サラの視線がローズの胸へと向かう。

「これ作ったやつ滅びればいいのに……」

目に涙を溜めながら悔しそうな表情を浮かべるローズ。その姿には哀愁が漂っていた。

サラは慌ててマジックバッグを漁ると、彼女にも着られるサイズの魔導着を用意するのだった。

「こっちの方が可愛いかしらね」

上機嫌で前を歩くローズ。あれから、水着タイプの魔導着に着替えた二人は、快適な様子で海底遺跡を進んでいた。

途中、触手を伸ばしてくる巨大クラゲや、触手を伸ばしてくる巨大イソギンチャクが襲い掛かってきたが、ローズの火で追い払っていた。

「ったく、有象無象がうっとうしいわね」

「そうは言いますが、今のモンスターは武器による攻撃がほとんど通用しませんから、ローズでなければ苦戦しますよ」

サラは一人で海底遺跡に来ていた場合を想像するとぞっとする。

触手に囚われ、とんでもない目に遭っていたに違いない。

「ふんっ、火の精霊王を舐めないことね」

先日、コテンパンにやられてプライドを傷つけられていたローズも、モンスター相手に無双したことで自信を取り戻したようだ。

「もっとも、この【生命の腕輪】のお蔭でもあるんだけどね。減ったそばから体力が回復していくから、今の私にとっては良い古代の遺物《アーティファクト》だわ」

「そちらは、ロードが愛用していた古代の遺物《アーティファクト》ですからね、効果は絶大かと」

サラは、【生命の腕輪】の前の持ち主の名前を告げる。

「ええっ!? あいつのお古ぅ?」

先程まで褒めていたのに、嫌そうな表情を浮かべる。

「丁重に扱ってくださいね」

ローズは嫌がっているが、天空城の鍵なのだ、粗末に扱われては困る。

「それにしても、ローズの前の主人はここを攻略できなかったのですか?」

サラはアゴに手を当てて考える。モンスターは見ての通りローズが倒しているし、暑さにしても対策さえしていれば耐えられなくはない。

この難易度ならば、遺跡に辿り着けさえすれば、とっくに攻略されていてもおかしくないのではないかとサラは考えた。

「問題はこの先よ」

ちょうど通路が途切れ、海底にある洞窟の入り口が見えてくる。上の方には『海底遺跡二層』とプレートがかけられていた。

「ここが、この海底遺跡でも謎の多い場所よ」

そこはここまでと違い、明らかに人の手が加えられている部屋だった。

壁にはツルツルした黒いモニターが幾つもある。その下には操作するための制御パネルがあった。

「ここからが私の出番と言うわけね」

数千年以上を生きているローズは、古代ルーン文字を読むことができる。

かつて、グロリザル王国にあったカストルの塔にも、天空城の鍵となる【天帝の首飾り】が封印されていたことから、他の鍵を手に入れるには古代ルーン文字を読み、遺跡を攻略する必要があった。

「私は古代ルーン文字が読めませんので任せるしかありませんが、大丈夫なのですか？」

サラはローズに声を掛けた。

「久しぶりに来たけど、多分……。まずは制御パネルを起動して……」

ローズは慎重に制御パネルに触れると、制御室内に明かりが灯った。

「とりあえず、私はここに書いてある文字を解読して内容を理解するわ」

ローズはそう答えると、パネルに向き合いブツブツと呟き始めた。

手が空いてしまったサラは、作業をローズに任せると室内を見回した。

よく見ると部屋の右端に扉が存在している。

「ローズ、こちらの扉は？」

あからさまに奥に進めそうな扉に、サラはローズの思考を遮って質問をした。

「それ、過去に私たちも壊せないかと思って試したけど無理だったのよね」

よく見ると、地面に焦げた跡があった。

「全力で攻撃すれば多少傷つくんだけど、時間が経てば修復しちゃうのよ。御主人様も含めて結構な威力の攻撃を叩き込んだけど、駄目だったわ」

「……なるほど」

ローズの前の主人が、意外と力押しで遺跡攻略を進めていた事実を知ったサラは、それ以上突っ込むのを止めた。

真剣に遺跡を攻略するため、古代ルーン文字を読み解こうとするローズを見たサラは、

「私は、今のうちに休むための用意でもしておきましょうかね」

マジックバッグを開けると、調理器具やらテントやら、寝泊まりに必要な物をどんどん取り出す。ここからは長期戦を覚悟しなければならないからだ。

「そう言えば、結局追いかけてきていないようですね？」

現在は【生命の腕輪】を持ち歩いている状態なので、他の鍵の所有者が追ってくると考えていたサラだったが、反応はむしろ離れた場所にあった。

「もしかすると、来られる手段がないのかもしれませんね」

自分はローズの身体に乗ってきたことを思い出すサラ。山に囲まれた孤島だということを考えると、他の鍵の所有者がここに来られない理由に納得した。

「まあ、来たらその時に対処すればよいでしょう」

サラはそう呟くと、ローズがやる気を出せるように美味しい料理の準備をするのだった。

★

「さ、さささささ、寒いのですっ！」

マリーが両腕で身を守るようにして身体を震わせる。

「標高三千メートルで気温はマイナス四十度。そんな格好をしていたら凍えるのは当然です」

ローラは白い息を吐くと呆れた視線を向けた。

マリー以外の全員が厚着をしている。

「御主人様、マリーにもモコモコしたのを出して欲しいのですよ」

俺に抱き着いてくるマリー。見ているだけでこちらまで寒くなってくる格好だ。

「いや……用意してないけど？」

「そんな馬鹿なっ!?」

驚愕して目を見開く。

俺たちは現在、ガイア帝国北に存在する、悪魔族が【深淵遺跡】と呼んでいた古代文明の遺跡に来ていた。

この場所は周囲が山脈に囲まれている不毛な大地で、氷竜や凍結鳥など、高位モンスターが徘徊する魔境だ。

ドゲウの知識でこの遺跡を知り訪れたが、道中様々な飛行型モンスターが襲ってきたので、悪魔族でも手に余るこの場所に、人類で足を踏み入れたのは俺たちが初めてだろう。

「『マリーは風の精霊王だから生半可な寒さではどうにもならないのです。マリーの分の防寒具なんて必要ないのです』と言っていたのはあなたでしょう」

ローラが当時のマリーのセリフを一字一句再現してみせる。

その時は自信満々だったので、風の精霊王は気温の変化に対処できるものだと思っていたのだが、どうやら深く考えていなかっただけらしい。

「ううう、アリシア、一緒に入れて欲しいのです」

声を震わせながらアリシアににじり寄る。

「ごめんなさい、何重にも着込んでいるから余裕がないの」

アリシアは申し訳なさそうに謝った。実際、この寒さをしのぐために着込んでるせいで服が膨らんでいるのだ。

「セレナなら、胸元に余裕があるのではっ!?」

「殴るわよ?」

ナイスアイデアとばかりに言葉を発した瞬間、セレナはマリーを睨みつけた。

「こうなったら、風のバリアで……」

「この場所では魔法は使えないって言っているでしょう」

今回挑む古代文明の遺跡は、魔法が完全に使えない場所だった。

魔導装置によるものなのか、魔力を体外に出すと、即座に吸い取られてしまうのだ。

一応、俺の【ストック】なら多少対応できるみたいだが、魔法を放出した直後には威力が激減するので、戦闘では役に立たない。

そんなわけで、全身を防寒具に包み身体を守っていたわけだが……。

「まったく、本当に後先考えていないんだから」

ローラは【アイテムボックス】を開くと、どさどさと荷物を取り出した。

「少し開いただけで、魔力の四分の一持っていかれました。これは、この後の使いどころを見極めた方が良いですね」

ローラの魔力ですら厳しいらしい。

「マリーが前言を翻すのには慣れていますから、念のために防寒具を用意しておきましたよ」

「流石なのです。ローラに感謝するのですよ」

面倒見が良い。契約主は俺なのだが、最近ではローラの方がマリーの扱いに慣れている気がする。

「ちょっ、冷えた身体でくっつかないでっ！　さっさと着替えてください」

頬をすりつけられ、抗議するローラ。よほど冷たいのだろう。

「なんだかんだ言って面倒みるのよね、仲が良いんだか悪いんだか」

アリスがやや不満そうな声を出す。和解したばかりのころはローラもアリスにべったりだったのだが、ここ最近ではマリーと一緒にいることが多い。嫉妬しているのだろう。

「とにかく、ここから先は誰も足を踏み入れたことがない場所になるからな。皆油断しないでくれ」

古代文明の遺跡のいやらしさを知っている俺たちは、喉を鳴らし緊張すると、遺跡に足を踏み入れた。

◇

薄暗い廊下を歩き続ける。アリシアとセレナが両側でカンテラを掲げ、俺とアリスが真ん中を歩く。

ローラは周囲に目を向け、マリーはその後に続いていた。

しばらく歩いていると、視界の端で何かが動く。

「皆気を付けるのです。敵が現れたのですっ！」

マリーのウサミミが揺れると同時に警告してきた。

奥の通路から氷竜が二匹と、氷結鳥が三匹現れる。

「ごめん、この遺跡だと私の精霊では相性が悪いみたい」

セレナが挙手すると、申し訳なさそうに謝った。

「大丈夫だ。ちょうど運動して身体を温めたいと思っていたところだし」

「エルト君、どっちをやる？」

アリスが剣を抜き隣へと並ぶ。

「竜との戦闘経験は積めたから、鳥の方かな」

「おっけー、それじゃあ氷竜は私がやるわね」

「氷竜の表面は氷ではなく魔力を吸収する【魔水晶】です。超低温のコールドブレスを受けると身体が凍ってしまいますので注意してください」

ローラがモンスターの特徴を告げてくる。おそらく弱点は火なのだろうが、魔法も精霊もろくに繰り出せない時点で言っても意味がないのだろう。

「氷結鳥の方は？」

俺はローラに確認する。

「そちらはかぎ爪に毒がありますので、くらわないように注意してください」

「了解」

「エルト、アリス様、頑張ってください！」

「二人とも頑張るのですよっ！」

「後方から支援するわ！」

背後からアリシアとマリーとセレナの声援が聞こえる。

「ここまで応援されちゃあ仕方ないわね」

アリスは剣を手元で放すと回転させて柄を握りなおす。

「魔法は駄目でもスキルは問題ないのよね……」

アリスは氷でできた滑る地面をものともせず氷竜へと突進する。

「凄いバランスね、よくこの足場であれだけの動きができるわね」

アリスの動きを見て、セレナが称賛を口にした。

「【ロイヤルバッシュ】」

『グオオオオオオオオオオオオオオオッ‼』

二匹の内、一匹の氷竜に攻撃を叩き込む。破壊力に特化したアリスの強力なスキルだ。

効果は絶大らしく、氷竜は叫び声を上げると魔水晶が砕け散り、カンテラの光を反射してキラキラと輝いていた。

打撃を与えはしたが、足場が悪いこの場所では、即座に反転して離脱が出来ない。

『グオオオオオオオオオオオオオオッ‼』

動きが止まったのをチャンスと思ったのか、もう一匹の氷竜がアリスに襲い掛かる。

「アリス！」

セレナの声に反応してアリスが屈む。

――ガガガッ‼――

次の瞬間、三本の矢が飛来し、もう一匹の氷竜の身体に突き刺さり、身体を押し戻した。

一見すると隙を晒してしまったアリスの特攻も、後方からのセレナの援護を信じてのもの。一言で連携を取れるのは、四闘魔との実戦経験や日頃から一緒に訓練をしているお蔭だろう。

『ケエエエエエエエエエッ‼』

氷竜が退くと、上空から氷結鳥がアリスに襲い掛かった。彼女はかがんだ状態であきらかに隙だらけだ。

アリスの視線が俺に向き、微笑んだ。

「俺を忘れてもらっちゃ困る！」

アリスは意図的に隙を作ると、氷結鳥の攻撃を誘っていた。厄介な上空ではなく、高度を下げてくれたお蔭で俺の間合いに入っている。

「ナイスアシスト、アリス」

俺は転ばぬように足を踏みしめると距離を詰め、神剣ボルムンクで一閃した。

「凄いです、一撃で氷結鳥をすべて仕留めるなんて⁉」

着地と同時に振り返ると、アリスとセレナがもう一匹の氷竜に攻撃を仕掛けていた。

二人の連携は素晴らしく、セレナが矢で貫き脆くなっている部分にアリスが技を叩き込む。

気が付けば、俺たちは無傷でモンスターを退けていた。

「あっという間に片付きましたね」

アリシアが感心した様子で感想を言うと、

「これだと運動には物足りないかしらね？」

アリスは動き足りなそうにしながら剣を鞘に納める。

「この様子なら、魔法が使えなくても問題なさそうですね、先へと進みましょう」

俺たちは、ローラを中心にして前へと進む。

途中、何度か同種のモンスターに襲われ、それらを危なげなく撃退していたのだが……。

「あれはっ!?」

ローラが駆け、前へと走った。

「どうした？」

一人で前に出すわけにはいかない。俺たちが慌ててローラの下へ駆けつけると、

「この残骸に見覚えがあります。これは数時間前に三人が倒したモンスターのものです」

「それって……もしかして……」

セレナが大きく目を見開くと告げる。

「ええ、ドゲウの知識通り、この【深淵遺跡】は通路がループしているようですね」

「……そんな」

一筋縄ではいかなさそうな遺跡に、俺たちは言葉を失うのだった。

★

「どうですか、ローズ？」

サラとローズが海底遺跡に籠ってからはや数日が経過していた。

それまでの間、ローズはひたすら古代ルーン文字を解読し、遺跡を攻略するヒントを探っている。

サラはそんなローズの邪魔をしないように、後ろに控えていた。

「だいぶ解読できたけど、意味がわからないのよ」

「どういうことですか？」

サラは何がわからないのかローズに問いかけた。

「この制御パネルには遺跡を操作するための内容がルーン文字で書かれていて、光っている部分に触れると内容通りの操作をできるはずなのよ。ところが、どれだけ触っても、一向に変化がないのよ」

文字が読めないわけではない。説明も一通り目を通している。だというのに、正しく制御パネルを操作しても何の反応もなかった。

「それは、起動するのにまだ何かが足りていないのでは？」

古代文明の遺跡のいやらしさは悪魔族の報告資料から見て知っている。サラは何か見落としがあるのではないかと指摘した。

「『無限回牢』『魔力吸収』後触れてないのはこれだけね」

明らかに海底遺跡とは関係なく、触れたことで何が起こるかわからずローズが躊躇していた文字だ。

「確かに、ここまでは海中を進む道でしたし、魔法は別に阻害された覚えがないですね」

海洋モンスターは物理攻撃に強く、斬ったりしても核を壊さない限りダメージを与えられない。

結果として、ローズの魔法による力押しで倒しているので『魔力吸収』などと言う、戦力を弱体化させそうな操作を実行する気が起きなかった。

「試しに押してみたら駄目なのですか？」

「流石に逃げ場のない海中で効果もわからないものを試す気がしないわね」

もう数日も経つというのに、妙に慎重なことだ。

「こちらとしてはそろそろ、ここで生活するのも嫌気がさしてきているのですが……」

魔導着を着用しているとはいえ、時間帯にもよるのか、妙に気温が上がることがある。

ただでさえ、息苦しいというのに、脱ぐことが出来ない状態に多大なストレスを感じていた。

「うーーーーん、そうね。じゃあ『無限回牢』を解除してみるわ。確か昔触った記憶があるのよ。何も起こらなかったけど」

進展がなく、ストレスを感じていたのはサラだけではない。ローズは、実際に行動してみて変化がなければサラも黙るだろうと考えパネルを操作した。

『無限回牢、を、解除、しました』

「確かに、変化はないようですね？」

音声が流れてから数分経過するが、何かが変わったようには思えない。サラは緊張を解くと溜息を吐く。

「とりあえず、私はもうしばらくこの辺を調査してみるわ」

ローズはそう答え、うんざりした様子で制御室の調査に戻るのだった。

★

「とにかく、何か怪しいものがあったらローラに知らせるんだ」

「うん。わかった」

腰を曲げ、前かがみになっているアリシア。彼女は白い息を吐きだすと、目を凝らして壁を調べている。

「どれだけの時間経ったのでしょうか？　これだけ探しても手掛かり一つ見つからないとは

「……」

ローラの声に疲労が滲んでいる。現在、俺たちは例の通路をくまなく探索している最中だ。

直進しかないこの通路だが、一定の距離を進むと入り口に戻されてしまうようで、ローラの考えでは、どこかで魔導装置による制御がされているらしく、解除のための制御パネルを、こうして探しているというわけだ。

「むむ、どれもこれも怪しく見えてくるのですよ」

壁には模様が描かれており、マリーはその模様に触れながら難しい顔をしているのだが……。

「悪いな、俺たちも参加した方が良いとは思うんだけど」

「仕方ないわよ、倒しても倒してもモンスターが湧き出してくるんだから」

アリスと俺は何十回と戦闘を繰り広げている。どうやら、この遺跡に湧くモンスターは外部から入り込んだわけではなく、遺跡が召喚しているようだ。

「寒すぎると思考が鈍ります。どうか皆さん、無理はなさらずに暖を取りながら調査を行ってください」

後ろでは薪が燃え、鍋でシチューがぐつぐつと音を立てている。

セレナが火の番をしながら暖まる料理を作ってくれていたのだ。

「……それにしても、ときおり寒さが増したりしますし、やはりこの遺跡はおかしいです」

「どういうことだ？」

「古代文明の遺跡はこれまでいくつも見てきました。文明が滅んだ後も稼働している点から、自動制御されているようで、明かりや温度に魔力、すべて一定の条件が保たれてムラがなかったのです。ですが、この遺跡に関しては別で、寒気が急に強まったりして、まるで何者かが操作しているかのような印象を受けますね」

確かに、一時寒くなったりするのだが、特に法則もなければ遺跡の罠というには無意味な嫌がらせにしかなっていない。すぐに元に戻ったりすることから考えると、ローラの言うことに納得できる。

「私なりに、遺跡の動きに法則を見つけ出そうと計算していますが、これは時間が掛かりそうです」

ローラはぎゅっと手を握ると悔しそうな表情を浮かべる。疲れているのは皆同じなのだが、自ら指揮を執っている彼女は成果が出せないことに焦っているようだ。

「皆、今日はここまでで暖まって休むことにしよう」

この悪い空気を断ち切る必要がある。そう考えた俺は、皆を呼び集める。

「えっ、でも……？」

困惑した声が聞こえる。

「俺たちは、誰も到達したことのない古代文明の遺跡に挑んでいるんだ。そう簡単に進めるなんて思っちゃいない。幸い、燃料だって食糧だって豊富にある。一度外に出て仕切り直すことだってできるんだ。一番良くないのはここで疲労して倒れること。まずはゆっくり休もう」

俺が声を掛けると、皆瞳から険しさが抜ける。知らず知らずの間に気負っていたことに気付いたようだ。

「ひとまず、食事を摂ったらゆっくり寝てくれ。その間の見張りは俺がするから」

俺はそう告げると、有無を言わさず全員を休ませるのだった。


定期的に薪に火をくべる。

この遺跡は、どこからか風が入り込んできているようなので、火を起こしていても息苦しくなることはない。

魔法が使えず、マリーの力も弱まっているため、普段の野営とは違い、こうして温度を調整しなければならないのは非常に手間だ。これまで、当然のように気温を調整してくれたマリーのありがたさがわかった。

遺跡に入ってから数日が経過している。現在は手掛かりもなく、出現するモンスターを倒すだけだが、ここに何か途轍もない物が封印されているのは間違いない。

そうでなければ、厄介な仕掛けを施してまで人の侵入を防ぐ意味がないからだ。

それがわかってるからこそ、ローラも諦めることなく調査をしているのだが、現状、行き詰っていることから、別な視点が必要になるだろう。そんなことを考えていると、

「えっ？」

突如音がして、何かが変わった。

視界の端に見えていたものが変わったようだ。

「あれは……？」

あまりにも何もなかったここ数日で嫌気がさしていたのは間違いない。

俺は立ち上がると、そちらへと向かう。

「無限ループを抜け出せた？」

目の前には部屋の入り口があり『深淵遺跡二層』とプレートに書かれている。

俺がドアを開け中に入ると、部屋に明かりが灯った。

「もしかして、ここがローラの言っていた制御室なのか？」

ローラから、遺跡のどこかにあると言われ、探していた制御室が突如現れた。

壁一面に真っ黒なモニターがあり、その下には古代文明の制御パネルが置かれている。これまでの旅で、何度もローラが操作していたあれだ。

「とにかく、一度戻ってローラを呼んでこないと……」

――カチッ――

事態が進展したのでこれで先に進むことが出来る。

「しまった⁉」

期待に心臓が高鳴っていた俺は、注意力が散漫になっており何かに触れてしまった。

――ブンッ――

何かが稼働する音が聞こえる。俺が警戒心を呼び起こし、周囲の気配を探っていると……。

「はっ？」

真っ暗なモニターが起動した。そこに映っているのは……。

『やはり、汗を掻くのは気持ち悪いですからね。ローズが寝ている今がチャンスです』

モニターの向こうでは、裸体を晒し、タオルで身体を拭くサラの姿があった。

★

ローズが寝静まったのを見計らい、私は魔導着を脱ぎ捨て、水で濡らしたタオルで身体を拭

き始めた。

彼女はこの数日、制御室にあったすべての物に目を通しルーン文字を解読していたせいで疲れ果てている。

そんな中、申し訳ないとは思うけど、人間には生理現象が存在する。暑ければ汗も掻くし、お腹も減る。真剣に手掛かりを探す彼女の横で自分だけ身綺麗にするわけにもいかず我慢していたのだが、流石に限界だった。

冷たいタオルが肌に触れる。ロードの宝物庫に氷を作る魔導具があったのは良かった。

何せ、この室内は相変わらずおそろしい熱気に包まれているので、一瞬でも火照りを収められる氷の存在は、天が与えた恵のようなものなのだ。

私が束の間の心地よさに身を委ねていると……。


——ブゥーン——


聞きなれない音がして、周囲がパッと明るくなった。

「えっ？」

これまで、うんともすんとも言わなかったこの部屋の壁にあるモニターに画像が映っている。

私はその画像に映っている人物に見覚えがあった。

「エルト……さん？」

以前、共に行動して、罠に嵌め、ロードと戦わせた青年。その姿がモニターいっぱいに映し出されていた。

久しぶりに見る彼は、極寒地でするような厚着をしている。最後に会った時よりも成長しているのか、顔立ちが大人びていた。

なぜか驚きの表情を向けてこちらを見ている彼だったが、次の瞬間声が聞こえた。

『サラ？　どうして……？』

「えっ？　もしかして本人なのですか？」

言葉が返ってきたので私は混乱した。

『本人も何も……もしかして声が届いているのか？』

声と共に、モニターの彼の表情が変化する。どうやら、このことは彼にとっても想定外の事態らしい。

突然の事態に動転したが、ここでは早く立ち直った方が有利だろう。

私は現在、天空城の鍵を入手するために遺跡に来ている。

先日【生命の腕輪】の囮に引っ掛かったことから考えて、エルトさんたちも同じ物を狙っているのは明白だ。

そうであるならば、できる限りこちらの情報を隠さなければならない。

「随分と久しぶりですね、エルトさん。まさかこのような形でお会いできるとは思っておりませんでした」

モニターに向き合うと、堂々とした態度で接する。

その一言で、私が何をしたのか思い出したのだろう。彼は目を逸らすと気まずそうな声を出した。

『そっちこそ、やはり生きていたんだな』

「ええ、ロードとエルトさんがぶつかり合う瞬間、私は巻き添えを食わないようにその場を離脱しましたから」

髪をさっと払うと不敵な笑みを浮かべる。

死んでいたはずの私が生きていたことを知ったからか、彼は益々動揺すると視線を泳がせ始めた。

「どうされたのですか、エルトさん。動揺が隠しきれていませんね」

私はここぞとばかりに胸を張ると、彼に笑って見せる。今なら本心を引き出すことができそうだ。

「あなた方の狙いは、ロードが持っていた【生命の腕輪】なのでしょう？」

『どうしてそれ……を……？』

あまりにもわかりやすい反応に苦笑してしまう。このまま精神的優位に立って彼から引き出せるだけの情報を得ようと考えていると……。

「んんっ……もう、せっかく寝ているのに煩いわよ、サラ」

ローズが起きてきてしまった。

彼女は、寝床から這い出しこちらに来ると、怪訝な表情を浮かべる。

私は彼女に顔を寄せると耳元で囁いた。

「静かにしてください。ちょうど、鍵を巡る敵と話をしているのです」

相手に与える情報は少ない方が良い。私は彼女に静かにしているように言い含めるのだが……。

「ふぅん、それはいいんだけどさ、サラ」

ところが、ローズは眉根を寄せると、若干軽蔑したかのような視線を私に向け呟いた。

「こんな時に全裸で凄むのは良くないと思うわよ?」

私はギギギと顔をモニターに向けると、エルトさんが気まずそうにしているのが映った。

「あの……、エルトさん。つかぬことを御聞きしますが、もしかしてそちら側からも見えてますか?」

しばらくの間、沈黙が支配する。彼は気まずそうな表情を浮かべると告げる。

『ああ、特大のモニターに映っているぞ』

次の瞬間、私はこらえきれなくなり顔を真っ赤にしてペタリと地面へと座り込んでしまう。

「み、見ないでくださいっ‼」

視界が歪み、エルトさんの姿がぼやけると、私は思わず叫んでいた。

『あの……サラ？』

★

「なるほど、無限ループを抜け出し、部屋の調査をしていたらサラが画面に映ったということですね」

あれから、皆を起こし、制御室に案内した。

画面には相変わらずサラが映っている。

先程までの生まれたままの姿ではなく、なぜか水着姿のようだ。

「一応聞きますけど、サラはどうしてそのような格好をしているのですか？」

彼女の全裸を見てしまったことについては、俺もサラも黙認している。情報を共有しても誰も得をしないし、新たな争いの火種になりかねないからだ。

『こちらこそお聞きしたいですね、あなた方は今どちらにいらっしゃるのですか？』

答える気がないのか、サラも同様の質問をしてきた。ここからは腹の探り合いになる。

ローラはアゴに手を当てると怪訝な表情を浮かべ、サラを観察する。そして俺も知りたかったが、先程のこともあり聞けないでいた質問をした。

「その衣装、あなたが痴女でないとすると魔導着ですよね？」

『うぐっ……』

ローラの言葉に、サラは顔を赤くして言葉を詰まらせた。

「となると、南方の……おそらく古代文明の遺跡ではないかと推測いたします」

ドゲウの知識なのか当てずっぽうなのか、ローラは探りを入れた。

『……正解です。そう言うそちらは北方の……【深淵遺跡】ですね？』

最初から見当が付いていたのか、サラはあっさりとこちらの居場所を見破って見せた。

「遠く離れた二つの遺跡にいる者同士がこうして会話できている。このことにはちゃんと意味があると思うのですが……」

『ええ、先程まで、まったく反応がなかったモニターや制御パネルの一部が解放されたことから考えると、おそらく二つの遺跡は連動しているのではないかと』

それから、ローラとサラはやり取りを続ける。きっかけは、彼女たち側の制御パネルにある『無限回牢』を操作したことらしい。

そのお蔭で、俺たち側の遺跡を進めるようになり、こうして対面できたわけだ。

「一応聞いておきますが、サラの目的は鍵の入手で間違いありませんね？」

ここにきては腹の探り合いをする意味もない。ストレートな質問に彼女は頷いた。

『ええ、私は古代文明が残した最終兵器である天空城を手にして世界を平和に導くつもりですから』

はっきりと告げる。モニターに映る彼女の瞳は澄んでおり、本気で世界の平和を望んでいることがわかった。

「私たちはお互いに天空の城への鍵を欲しており、こうしてそれぞれの遺跡に滞在している」

ローラは一旦言葉を止めると、

「でしたら、ここはひとまず協力すべきではないでしょうか？」

「ちょっと、何を言ってるのよっ！」

アリスが声を荒らげる。それだけ、ローラの言葉に意表を突かれたのだ。

「私は、アリシアをあんな目に遭わせたサラを許すつもりはないわよ」

セレナが前に出て、モニターに映るサラを睨みつける。

『大義の前には犠牲はつきものではありませんか。私は今でもあの時の選択が間違っていたとは思っていません』

そんなセレナに対し、サラは淡々と自分の考えを伝えた。

「なっ……！」

「何をっ!? アリシアが死ぬところだったのです、ぶっ殺してやるのですっ!!」

セレナの声に被せると、マリーが怒りを滲ませていた。

『それをさせるわけにはいかないわね』

すると、先程少し顔を出した少女がモニターに姿を現した。

「そ……そんな……馬鹿な……生きていた……のです？」

マリーはこれまで見たことのない程に動揺すると後ずさり、俺にぶつかる。

「大丈夫か？」

身体が震えて俯く。地面に水滴が零れると、湯気を上げて凍り付く。彼女が顔を上げると……。

「うわぁぁぁぁっんっ！　ローズ、生きてたのですよぉぉーーっ⁉」

涙を零し、鼻水を流したマリーはモニターに飛びついた。

『相変わらず汚らしい顔ね、なぁに。そんなに私に会えたのが嬉しかったのかしら？』

ローズと呼ばれた少女は不敵な笑みを浮かべた。

「マリーちゃん、はい」

アリシアがタオルを渡すと、マリーは顔を拭く。

「べ、別にマリーはローズと会えても全然嬉しくないのですっ！」

「そっ、お互い様ってわけね」

何やら因縁がありそうなのだが、ローズの口元も緩んでいる。ここは言葉通りの意味ではないのだろう。

突然、マリーが泣き出したので、慌てた俺たちは、ローズの正体についてマリーから説明を受けた。

「ああっ、以前に言っていた、羽根を毟る嫌がらせをしたという仲間ですね？」

ローラはポンと手を叩くと、古代文明の遺跡で得たマリーの罪を暴露した。

『あの時は散々な目に遭わせてくれたわね？　その後、羽根が素材に使えるからって人族に狩られかけたんだから……』

先程までと違う、本気の怒りがモニター越しに伝わってくる。

「それはそうと、そっちのローズは、マリーの仲間の火の精霊王なのよね？　どうして、サラに協力しているか教えてくれないかしら？」

「うん、私もそれが気になる」

アリスとセレナがモニターの前に立つ。

『あああああああああっ！　あんたたちはっ！』

ローズは指を差すと二人を見た。

『サラ、こいつらよっ！　こいつらが、私に攻撃して怪我を負わせたのっ！』

目に涙を浮かべ、サラに縋り付く。

『絶対許さないんだからっ、あの時の恨み千倍にして返してやるっ！』

瞳に憎悪が宿り、アリスとセレナを睨み付けている。

「知らないわよっ！　火の精霊王に恨まれる覚えなんてないわっ！」

「やるというのなら受けて立つけど、手加減はしないわよ？」

狼狽するセレナと、やる気満々のアリス。二人の反応は対照的だ。

次第に周りが盛り上がり、それぞれが言いたいことを言い始める。

モニターを挟んで罵詈雑言の応酬を繰り返すのを見ると……。

「何か、わだかまりが一杯でまとめるの大変そうだね」

アリシアがひそひそと話し掛けてきた。

「とりあえず、問題は一つずつ解決していくか……」

俺自身も思うところがないわけではないが、先のことを考えると争っていても始まらない。

ひとまず俺は仲裁に乗り出すのだった。


「どうやら、私たちがいる遺跡とサラたちがいる遺跡は繋がっていて、相互に協力しなければ奥へと進めないようにできているみたいです」

あれから、改めてお互いの遺跡の制御室を調べることになった。二日が経ち、向こうの遺跡についてサラとやり取りをした結果、二つの遺跡が繋がっていることが発覚したのだ。

「こちらの制御パネルにある『三層入り口』のロックを解除すれば、サラたちがいる海底遺跡の奥の扉が開くようです」

『ええ、それで間違いないでしょう。先日、私たちが『無限回牢』の解除を行ったところ、そちらの遺跡の無限ループ機能を解除したようですから』

「つまり、お互いの遺跡にある制御室から、相手側の遺跡の扉の解除が可能ということか」

俺が確認すると、ローラとサラが同時に頷いた。

『今いる制御室のパネルには、そちらの遺跡の奥に進む扉のロックを解除する操作項目はありません、おそらくですが、私たちが三層に到着して、初めて出現するのではないかと推測します』

「つまり、鍵が欲しければ互いに協力しなければならない状態というわけね」

アリスは複雑な顔をすると、モニターを見た。

「でもさ、このまま進めていくにしても、サラたちが裏切ったり全滅したらどうなるの？」

セレナが懐疑的な視線でサラを見る。

『それに関してはお互い様でしょう？　それぞれの遺跡では相手側の遺跡を制御できるのですからね』

つまり、お互いの命綱を握り合っている状況なのだ。裏切るという話なら、最初から相談を持ち掛けるまでもない。今の俺たちは、天空城の鍵を入手するという利害関係でのみ繋がっている状態だ。

『奥に進む前に、こちらの制御パネルで一つ、先に操作しなければいけない項目があるようです。その内容は『転移魔法陣』となっています』

その名前が出た瞬間、俺とアリシアは互いの顔を見た。

それは、俺とアリシアが邪神の生贄になる際にかかわったものだったからだ。

「説明を続けてもらえるか？」

かすかに心臓が速く脈打つのを感じながら、俺はサラに続きを促す。すると、ローズが画面に映り込んだ。

『ここからは私が説明するわ。今回の『転移魔法陣』の項目には説明文が書かれているの。その内容は、起動したら両方の制御室に魔法陣が現れるから、そちらから誰か一人を選んでこちらに送ることよ』

この場の全員が息を呑んだのがわかる。

これまでの話の中で、全員があちら側にいる人間と因縁がある。

そんな中、人を送り込まなければならないとなると、どうしたって緊張するに決まっている。

転移魔法陣を通して人を送ることが、こちら側から扉のロックを解除する条件らしく、先に進むためには指示に従うしかない。

『この遺跡のいやらしいところは、片方が全滅してしまった場合、攻略が破綻してしまう点です。こちらとしては戦力を融通してもらえることは、身の安全に繋がるので歓迎なのですが……』

　サラは歓迎の雰囲気を醸し出すと、そう告げた。

「この中の誰かが行くの……？」

　顔を合わせると皆、微妙な表情を浮かべる。

　現時点で協力した方が良いのは理解しているが、それぞれわだかまりがある相手だ。

　そんな相手の下に単独で乗り込むというのは勇気がいる。

「仕方ない、俺が……」

「エルト様は駄目ですよ」

　他に立候補もいないので、俺が向こうに行こうと挙手すると、ローラが止めてきた。

「うん、エルト君は駄目」

「駄目なのです」

「駄目だからね」

「駄目駄目よ」

　全員から「駄目」と言われてへこむ。彼女たちの焦りようから考えると、よほどあり得ない選択肢だったようだ。

「そ、それに、こっちの遺跡は物理攻撃が通じる相手でしょう？　この場で一番強いエルト君が抜けたらどうなるかわからないし」

　アリスがフォローをする。

「それ以前に、エルト様はサラにかどわかされる可能性がありますから」

「俺ってもしかして信用ない？」

ローラの言葉に全員に頷かれ愕然としていると、

『そう言えば、イルクーツで酔っているエルトさんを介護する時に口づけをしましたね。アリシアさんに見せつけるためでしたけど』

サラが余計な情報を流した。

「なっ⁉」

今の一言で、全員目の色が変わる。何が何でも俺とサラを一緒にさせまいと決意したようだ。

「結局、誰が行くんだ？」

それを決めかねているからこそ、こうして揉めているのだが、このままでは一向に決めることができない。

「それなら、私があっちに行くわ」

セレナが立候補した。

「いいのか、セレナ？」

俺が確認すると、セレナは複雑そうな表情を浮かべた。

「そりゃ、私だって思うところはあるけど、こっちにいても精霊を呼び出せないし、サラに対する見張りは必要だもん。マリーちゃんだと喧嘩しそうだし、アリシアは荒事に向いてないし。

そうすると私が行くのが一番かなって……」

確かに、この中でセレナなら安心して任せることができるだろう。

『話はまとまったかしら？　なら、さっさと進めたいのだけど』

こちらの声を聞いていたのだろう、ローズが話に割り込んで来た。

「私がそっちに行くことが決まったわ」

『……そぅ』

納得いってなさそうな声を出すとパネルを操作し、地面に魔法陣が輝き出した。邪神の城に比べると一回り小さな魔法陣は、それでも当時を思い出してしまう。

「セレナ、頼んだぞ？」

「うん、任せて」

そう言って抱き着いてくる。やはり、一人で敵側に向かうのは心細いのだろう。

彼女は名残惜しそうにすると、魔法陣を踏み、姿を消した。

★

視界が一瞬で切り替わり、モニター越しに見えていたサラとローズの姿を確認したセレナは、緊張した様子で二人を見ていた。

手には先程まで抱き合っていたエルトの温もりが残っているが、今は全員が無事に合流するため、役目を果たさなければならないと意識する。

「ようこそ、おいでくださいました。これからは過去のわだかまりを捨てて協力しましょう」

サラは握手をしようとセレナに右手を差し出す。とてもではないが、わだかまりを捨てることはできない。だが、自分の行動一つで仲間が危険に晒されるかもしれないと考え、セレナはその手を取った。

「言っとくけど、ここを出たらその時は覚えてなさいよね」

一方、ローズは冷たい言葉をセレナに投げ掛ける。彼女が怒っている理由については、ローズの正体が不死鳥であると告げられたので理解している。

マリーの元仲間ということ、火の精霊王という点から考えても、セレナのローズに対する感情は複雑だった。

何と声を掛けるか悩むセレナだったが、そうこうしている間に余裕が失われてきたことに気付いた。

「ごめん、ひとまずこれ脱ぐの手伝ってちょうだい」

極寒から灼熱へと変わった気候のせいで、汗が出るので、慌てて着ている服を脱ぐのだった。

「これで、お揃いになりましたね」

サラは満面の笑みを浮かべると、セレナの格好を見る。

「あ、あまりジロジロ見ないで欲しいのだけど……」

海底遺跡は暑く、気温に耐えらえないというので、手持ちの魔導着をサラは貸し出したのだが……。

「ちょ、ちょっと……もう少し露出が控えめなのはないの?」

「ありません。サイズ的に」

「ないわよ、サイズ的に」

二人してはっきりと告げてくる。どちらも、サイズを強調しており、サラは淡々と、ローズは忌々しそうに告げていることから、セレナは二人の温度差と胸に対する認識の差を感じ取った。

「薄布ですが、そこは古代文明の魔導着、防御力は並外れていますので安心ください」

「まあ、そこに関しては助かるけど……」

説明のため近付いてくるサラの胸に視線が向く。こうした薄着だからこそ、強調される部分を見ると妙にもやもやしていた。

「今だけは、あんたの気持ちがわかるかも」

ローズがセレナに話し掛ける。セレナとローズはお互いに目を合わせると、二人の間に漂っていた険悪な雰囲気が減り、代わりにサラにそれが向けられた。

「なぜに、二人とも私に険悪な目を向けるのですかね？」

サラは冷や汗を掻くと、胸元を隠す。

彼女は、二人から視線を外すとモニターを見た。

「それでは、セレナさんはお借りします。次の層に辿り着いたらまたお会いしましょう」

サラはモニターの向こう側にいる皆にそう告げる。

『それでは、扉のロックを解除します』

ローラの言葉に続き「カチッ」と音がして、扉のロックが外れる。

「私は聖女として様々な支援魔法を使うことができますので、向こう側とそう変わらない動きができるはずです」

セレナを安心させるため、サラが話し掛ける。

「ここまできたら、一蓮托生だからね。しっかり支援よろしくね」

互いの立場を確かめると、三人は扉を潜った。

「どうやら行き止まりみたいね？」

扉を潜り抜けると、小さな部屋だった。

「これは、昇降するための魔導装置ね。今光っているボタンの階層に降りることができるのよ」

戸惑っているセレナに、ローズが説明をする。

「随分と詳しいのね。尊敬するわ」

セレナが知っている風の精霊王マリーは、知識だけは豊富だが、どこか抜けているところが多い。それに比べて、火の精霊王のローズは、話の要点を抑えており、聞いていて頷ける部分が多かった。

「べ、別にこのくらいは長生きしてれば知っていて当たり前なんだから」

セレナが褒めると、ローズは顔を逸らした。

「あの、火の精霊王様」

「何よ？」

それでもセレナが声を掛けると答えてくる。どうやら会話には応じるようだ。

「火の精霊王様はマリーちゃんと同じ主人の下で戦ったんですよね。エルトが邪神を討伐したことは御存じですか？」

憎き仇を倒した話をすれば、彼女がエルト側に寝返るかもしれないと考え、セレナは聞いてみた。

「勿論知っているわよ、御主人様の仇が既に滅ぼされていたなんて、長い間眠るものじゃないわね。私が直接倒したかったのに」

瞳に炎を宿らせる。その言葉には様々な思いが込められているようで、セレナもサラも口を噤んでしまう。

もしかして、マリーと同様に、エルトと精霊契約を結べるのではないかと考え話を振ったセレナだったが、彼女の態度を見る限りそれは厳しそうだ。

全員が沈黙している間も、魔導装置は下降を続けた。

魔導装置が停止し、扉が開くと、視界一杯に海が広がっている。

「うわぁ、こんな景色初めて見るわ」

はるか上では太陽の光が差し、海面を照らしている。三人が歩く通路には透明な壁が存在していて、海中には泳ぐ魚の姿をはっきりと見ることができた。

セレナがあまりにも美しい景色に見惚れていると、サラが説明をする。

「この遺跡もそうですが、古代文明は今とは比べ物にならない程に文明が発展していました。世界中の各地には、私たちの想像もつかないような光景を見せてくれる遺跡が、まだ存在しているはずですよ」

「どうして、こんな素晴らしいものを作る文明が滅んだのかしら？」

古代文明が存在したのは今から数万年前と言われている。

世界中の人々が便利に利用している魔導具は、元々古代文明が造ったものだ。当時の遺跡がこうして残っているあたり、おそろしい技術があったはず。

「エルフの娘、あんた何も知らないのね？　古代文明は、進みすぎた発明によって戦争で滅んだのよ」

セレナの疑問にローズが答える。

「それって、国同士が争ったってこと？」

詳細を聞きたく、セレナがさらに質問をする。

「古代文明には、それはおそろしい兵器が存在したと言われております。エリバンからイルクーツまで、セレナさんも旅をしてこられましたよね？」

サラの問いにセレナは頷く。途中のグロリザルからは彼女も一緒だった。あの時は、まさかサラがデーモンロード側とは思っておらず、食事を摂りながら話をしたものだ。

「途中、北海を訪れたでしょう？　数万年前、古代文明が存在したころ、あそこは海ではなく大陸だったと言われているのですよ」

「あの、北海が？」

エルトたちと泳ぎ、バーベキューをした記憶が蘇る。セレナも地図で見たことがあるが、広大な海が広がっていたはずだ。

「信じられないのも仕方ありませんが、大陸を消し飛ばす威力の兵器があの時代にはあったのですよ……」

その真剣な言葉に、サラの言葉が冗談ではないのだと理解したセレナは表情を強張らせた。

「ねえ、あなたは古代文明が残した天空城を手に入れようとしているのよね？」

「その通りですよ、セレナさん」

「サラは、それを手に入れたらどうするつもりなの？」

これまでは、鍵を手に入れることばかり考えていたセレナだが、天空城を兵器として扱った時の威力を聞かされると、サラがどのように使うつもりなのかが気になった。

「今はどうするか考えておりますけど……」

サラは口元に手を当て、一瞬悩むそぶりを見せる。そして頷くと考えを言葉にした。

「使わない。それが、一番だということは間違いありませんね」

それが一番なのだとセレナも考える。どうすればサラが兵器を使わずに済むのかさらに質問をしようとセレナが思っていると……。

「ねえ……」

いつの間にか、サラとセレナは身体中から汗を流していた。

「何か、急に暑くなってない？」

ローズがそう告げるのだった。

★

鍋の中はお湯が沸騰している。サラたちが遺跡を攻略している間、俺たちは特にすることもないので、現在は休憩を取りつつ料理を用意していた。

周囲にいる皆は、防寒着を脱いでおり、普段通りの格好で寛いでいる。

「まさか、気温の調整ができるなんて思わなかったわね」

アリスはそう言うと、火の前に手をかざし身体を暖めていた。

「それにしても助かりましたね。流石に、あの寒さの中ずっと待機するのは辛かったですし」

アリシアが柔和な表情を浮かべながら、切った具材を鍋へと放り込んでいく。セレナがいない今、まともな料理を作れるのは彼女だけとなっている。

「あれほどの気温をここまで制御できるのは凄いですね」

サラたちが遺跡を攻略しに進んでからしばらく経つと、制御パネルに新たな項目が追加されているのをマリーが発見した。

その項目とは『気温設定』というもので『+』と『−』を操作することで、自由に遺跡の気温を調整することができた。

最初に見た時、この『気温設定』は『二』の五段階になっていたのだが、現在は『+』『二』どちらにも寄っていない真ん中に設定してある。

それでも多少の寒さは感じるのだが、鍋をつついて暖まるにはちょうど良いので、俺たちは久々に防寒着を脱ぐと、気楽に会話を楽しんでいた。

「セレナたちがどうしているのか気になるのです」

一方、マリーはそわそわしている。

迷いの森からずっと一緒で、屋敷でも共にいることが多いので、マリーにとってセレナは家族同然の存在なのだろう。

「セレナなら大丈夫だろ」

知り合った当初も、人族ということであまり良くない感情を向けられていた俺と、エルフの村の人たちの仲を取り持ってくれたし、屋敷の使用人も彼女を慕っている。

天真爛漫で、誰とでも打ち解けられるのは彼女の才能の一つだ。

周囲の雰囲気を察知し、それに合わせられる器用さも持ち合わせているので、サラやローズともそれなりに上手くやれるはず。

「そうだ、火の精霊王についてもっと詳しく教えてくれないか？」

せっかく時間があるのだから、この機会に情報を聞いておくことにする。

「ローズは、元々御主人様にテイムされた不死鳥なのです。この世界では竜や不死鳥など、高位の存在は人型に化けることができるのですよ」

マリーは気を取り直すと説明を始めた。

「そう言えば、デーモンもそうだったわね」

デーモンロードもそうだったが、四闘魔や十三魔将も人型をしている者が多かった気がする。

「でも、彼女は火の精霊王なんだよね？　精霊は成長して上位存在になるってセレナが言ってたんだけど……」

アリシアが首を傾げ、マリーに質問をする。

「その認識で間違いないのです。精霊は基本的に上位存在になるほど人型に近付いていくのです」

マリーは指を立てると説明を続ける。

「だけど、後天的に精霊になる方法も存在しているのです」

初めて聞く話に驚く。

「ローズは不死鳥から精霊になったのです」

そう告げたマリーは複雑な表情を浮かべた。

「マリー？」

彼女の表情が気になり、俺が声を掛けると。

「いずれにせよ、ローズの力は本物なのです。あいつがいるからには、問題なく制御室に辿り着けるはずなのですよ」

よほど、ローズの力を信頼しているらしい。

マリーは視線を逸らすと、鍋を見る。

「さあ、それまで酒池肉林の宴を楽しむのですよ」

どうやら話をしている最中も、鍋の出来具合を見計らっていたらしい。彼女は明るい声を出すと、具を器に掬うのだった。

★

「はぁはぁはぁ、とんでもない暑さですよ、これ」

壁から蒸気が吹き出し、視界が揺らいでいる。

温度調節ができる魔導着の効果を上回る暑さのせいで、サラとセレナは全身から汗を拭き出させていた。

「ふん、まったく情けないわね。この程度で根を上げるなんて」

ローズは腕を組むと、ともすれば崩れ落ちそうになっている二人にはっぱをかけた。

「いや、流石に……これは……」

セレナは息も絶え絶えに告げる。

「先程までは、そこまで酷い気温ではなかったのに……、なぜ突然このような状態になったのでしょうか?」

汗に思考力と体力を奪われ、それでも必死に考えた結論は……。

「このままだと、全員倒れてしまいます」

魔導着を着ていてこれなのだ。もし、対策していなければ、もっと早い段階で干からびていたに違いない。

「それにしても、一体、何が起きているのかしら？」

降下する魔導装置から降りた段階ではここまで酷くはなかった。

気温が上がると同時に、出現するモンスターの頻度も増えている。そのせいで、戦闘で動き回りさらに体力を消費している。

「このままだとまずいですね……」

水も食糧も大量に用意してはいるが、体力と魔力の回復が追い付かない。サラの弱気な発言を聞いたローズは、真剣な表情を浮かべた。

「エルフの娘‼」

ローズが声を掛けるとセレナが顔を上げた。

「あんたは水の精霊に命じてサラを外気から守りなさい」

「でも、これ程の熱気を防ぐとなると、相当な力を込めないといけないわ」

激しく魔力を消費することになるし、モンスターの相手だってしなければいけない。三層のモンスターは一回り強くなっているので、ローズだけでは負担が大きすぎる。

「私は火の精霊王よ。雑魚がどれだけかかってきても問題ないわ」

ローズはサラを見る。最終的な判断を彼女に委ねた。

「確かに、このままでは体力と魔力を消耗して動けなくなります。それならば、ここを一気に突破してしまいましょう」

三人はお互いに目を合わせると覚悟を決め頷く。

「私がモンスターを蹴散らすから、二人ともついてきなさい。言っておくけど、遅れても待つ余裕はないんだかねっ！」

両手に炎を出し、駆け出したローズ。宣言通り向かってくるモンスターを瞬時に燃やしている。

「す、凄い……」

風の結界を維持しながらついて行くセレナは、ローズの戦いぶりに驚いた。

「流石は、火の精霊王というところでしょう。ですが、契約をしていない彼女は補給を【生命の腕輪】に頼っています。あの力もいつまでもつか……」

サラの言葉に、ローズも無理をしているのだと気付いた。

「お願い、最後までもって……」

目の前を走る少女に、セレナは運命を託すのだった。

天井には古代文明の白い照明が浮かんでいる。

体力と魔力が空っぽになり、三人は【海底遺跡三層】と書かれたプレートを視界に収めつつ、制御室に転がり込むなり仰向けに倒れ、息を切らしていた。

「ま……間に合った」

ローズが安堵した声を発すると、サラとセレナはお互いの顔を見て仄かに笑みを浮かべる。

彼女たちは賭けに勝ち、こうして安全な場所に滑り込むことができたからだ。

「ありがとうございます、火の精霊王様」

息を整え起き上がると、セレナはローズに礼を言った。

「べ、別にあんたのためにやったわけじゃないから、礼を言われる筋合いはないわよ。勘違いしないでよねっ！」

ローズは顔を逸らした。

「でも、私たちはともかく、火の精霊王様だけなら時間を掛けてここまで到達することもできましたよね？」

「うぐっ……それは……」

不死鳥のローズは高温になればなるほど力を発揮することができる。わざわざ短期決戦を選択し、身を危険に晒す必要が一切ないことをセレナは指摘した。

「火の精霊王様？」

セレナが話し掛けると、

「その呼び方を止めなさい。エルフの娘。私のことはローズで良いわよ」

「あ、ありがとうございます」

突然のローズの提案に、セレナは目を丸くする。

「ローズなりの照れ隠しです。ああ見えて、実は優しいのですよ」

サラが耳元でそっと囁いた。

「何してるのよ、さっさとこの部屋の設備を起動するわよ」

【生命の腕輪】のお蔭か、体力を回復させたローズは既に立ち上がり部屋を歩いていた。

ローズばかりに探させるわけにもいかず、サラとセレナが周囲を見ていると……。

「セ、セレナ。それが起動ボタンだから押しなさい」

「こ、これですか？」

突然名前を呼ばれセレナは驚く。言われるままにボタンを押すと、

「本当だ。ローズの言う通りね」

「このくらい当たり前なんだから」

そう言うと顔を逸らすが、転移した当時の険しさが抜けていた。

『どうやら無事だったようですね』

制御室を起動したことで、モニターがついた。

ローラを筆頭に、マリーとアリスの姿が映り込む。

「ええ、思っていたよりも大変で、どうにかと言った感じですが……」

サラは自分たちの認識が甘かったと、溜息を吐いた。

『随分と疲労しているようですね、どうだったのですか？』

モニター越しに三人の様子を見たローラは、彼女たちがあまりにも疲労しているようなので気になった。

サラは情報を共有するため話を始める。

「ロックされていた扉が解除されると、下の層に降りる魔導装置がありました。私たちはそれに乗り三層へと降りたのですが、その後、急にモンスターの出現回数が増え、これまで以上の熱気が襲い掛かってきたのです」

魔導着など意味をなさない、おそろしい熱気で体力を奪いにきたと付け加えた。

グッタリした様子のセレナを心配して、アリシアが声を掛ける。

『セレナ、大丈夫?』

「うん、何とかね。ローズが戦闘を引き受けてくれたから、風の結界を張って凌げたけど、体力も魔力も空っぽよ」

結果論になるが、あの時の提案と判断は正しかった。

後少しでも遅かったら、制御室に辿り着くことなく力尽きていたに違いない。

「それにしても、そっちは快適そうね？　防寒着はどうしたの？」

深海遺跡の制御室は、通路とは違いそれなりにすごしやすいようだが、普段着に着替える程ではなかったはず。

『気温の調整ができるみたいでな、室内の温度設定を上げたお蔭で適温になっているんだ』

エルトの言葉に、サラは険しい表情を浮かべる。

「ローズ、制御パネルを確認してみてください」

「わ、わかったわ」

慌てたローズは、制御パネルに駆け寄ると、両手をつき文字を読み上げた。

「確かに『気温設定』の項目が……追加されているわね」

それは、エルト側からの情報を裏付ける内容だった。ところが、ローズは続けて告げる。

「私たちの方は設定が『＋』の十段階目になっているわ」

『えっ？』

画面の向こうで、誰かの戸惑う声が聞こえた。

「あんたたち！　ふざけんじゃないわよ！」

ローズの怒鳴り声が室内に響き渡る。

『申し訳ありません、まさかそのようなことになっているは……』

ローラの謝罪が聞こえた。

「私はともかく、この二人は死にかけたのよ！　あんた、まさか仲間を犠牲にするつもりだったんじゃないわよね？」

あれから、海底遺跡側の『気温設定』を『＋』の五段階まで下げたところ、深淵遺跡側の

『気温設定』が『二』の五段階に自動で切り替わった。

どうやら、この『気温設定』は連動していて、どちらかがこの設定を弄ると、もう片方の遺跡の気温も操作されてしまうようだ。

「ローズ、落ち着きましょう。彼らもわざとやったことではありません」

怒りをぶつけるローズをサラが止める。この場で彼女に何かを言えるのはサラだけだった。

「っ⁉」

ローズは振り返ると口を開き、サラに言い返そうとするが、唇をぎゅっと噛むとその言葉を飲み込んだ。

『サラにセレナ、それにローズも。今回の件は私のミスです。お怒りかと思いますが、どうかお許しください』

「散々偉そうなこと言っておいて、そっちが足を引っ張るんじゃない。遺跡探索を舐めてるのはどっちなのかしらね？」

ローズの辛辣な言葉に、ローラは唇を噛みしめると悔しそうな表情を浮かべた。

その場の全員が発言することをはばかる中、マリーが口を開く。

『すぎたことをいつまでも攻めていても仕方ないのです、それよりこっちの制御パネルに新しい項目が追加されたのです。説明を読み上げるのですよ』

マリーの言葉に、全員の意識が集まる。

『新しく増えた項目は『転移魔法陣』説明には『互いに一人ずつ魔法陣に乗せ人員を入れ替えること』と書かれているのです』

以前の魔法陣は片側から人を送るだけだったのに対し、今度は入れ替えをするように指示されている。

前回同様、その指示を実行しなければ、深淵遺跡側の扉のロックが解除されない。

『どうするか相談しよう』

エルトの言葉に、両側でお互いに顔を見合わせる。サラの目論見としては、パワーバランスを考えるならセレナと誰かを入れ替えてもらうのが最善だ。

自身が敵の中に飛び込むのは不利だし、かといってローズと交代しても数的不利になる。

デーモンロードの宝物庫から多数の魔導具と古代の遺物《アーティファクト》を持ち出しているので、それらを上手く使えば立ち回れなくはないのだが、要らぬリスクを負うつもりはない。

(……だけど、セレナさんも私も疲労が限界に来ている)

二つの遺跡を往復するということは、それだけで身体に大きな負担を与えることになる。

セレナは寒暖を一度超えてきており、身体に多大な負担がかかっている。この上でもう一度、深淵遺跡側に戻した場合、間違いなく体調を崩すだろう。

サラが悩み、セレナが立候補しようと決意している時、ローズが動いた。

「私が、そっちに行くわよ」

二人の視線がローズへと向いた。

「あんたたち、そんなバテた状態で向こうに行ったら倒れるわよ。その点、私なら強いから問題ないし」

胸元に手をやると、ローズは自分が行くべきだと主張した。

「良いのですか？　いくら火の精霊王とはいえ、極寒では力が弱まるはず」

サラはローズに警告した。不死鳥だからこそ気温の影響がでかいはずだ。

「それでも、人族よりは全然強いし、何より、あんたたちに気を遣って熱を抑えるのも面倒なのよ」

灼熱の海底遺跡で、これ以上高温にならないよう、ローズは発熱を抑えていた。それがストレスになっていたことは否定しない。

「そっちは、この二人の面倒を見られる人間を送りなさいよ」

決定とばかりに、ローズはモニター越しのローラに告げた。

『私が行きます』

その言葉を聞いて、アリシアが立候補した。

『私なら、治癒魔法も看病も慣れていますから』

『いいか、サラ？』

エルトの問いに、サラは頷いた。

「ええ、彼女さえよければお願いします」

「それじゃあ、私はあっちに行って遺跡を進んでくるから」

ローズは制御パネルを操作するとそう告げる。

「まって……」

そんなローズに、セレナが話し掛けた。

セレナは懐から何かを取り出すと、ローズに渡した。

「これって、精霊石じゃない」

「私たちを守るために無茶して回復しきっていないんでしょ？　これで回復してちょうだい」

精霊石は、精霊が好む嗜好品だ。自身の力に変換することができるのだが、高価な物なので、滅多に手に入らない。ローズもそれを知っていたので、

「ま、そこまで言うならもらっておくわ」

手の中にある精霊石をみて頬を緩めるのだが、セレナが見ていることに気付き表情を引き締めた。

「気を付けてね」

セレナの心配そうな声を聞き、ローズは手を振ると。

「それじゃ、セレナ、またね」

「それって……」

聞き返そうとする間もなく、ローズは魔法陣に乗ると転移していった。

★

「改めて、よろしく頼む」

アリシアと入れ替わりで転移してきたローズに、俺は話し掛けた。

「あんたたちとは仲良くするつもりはないから」

先程、モニター越しに見ていた限り、セレナとは打ち解けていたようなのだが、気温設定による失態のせいで、俺たちに対する印象は最悪のようだ。

「ローズ、御主人様に失礼なのですっ！」

誰もがローズに話しかけ辛い空気を感じる中、マリーが声を荒げた。

「知らないわよ、私の御主人様じゃないし」

ローズはつまらなそうに言い返した。

「わからないわね」

改めて、ローズは俺を見るとそう告げる。

「ほえ、何がなのですか？」

マリーはローズの言葉の意図がわからず聞き返した。

「こんなのの、どこがいいのよ？」

指を突き付けられると、俺はローズに正面から怒りをぶつけられた。

「マリー、あんた、私たちの本当の御主人様のこと忘れたの？ あんたは引っ込み思案で、自分の気持ちを表に出すのが下手だった。いつも一歩引いた場所から御主人様を見つめているだけ。それでも、あんたが誰にも負けないくらい御主人様を慕っているのは、知っていたんだからね」

「勿論なのです、御主人様のことを忘れたことはないのです」

マリーは悲しそうな表情を浮かべ、ローズに答えた。

「だったら……何で新しい主人を持っているのよっ！」

ローズの瞳に、怒りとも悲しみとも知れぬ感情が見え隠れする。

「あんたにとって、御主人様はその程度の存在だった。そう言うことなんでしょ？」

「そ、そんなことないのですっ⁉」

マリーの悲痛な叫びが聞こえ、涙を浮かべる。彼女のそんな表情を初めて見る。

「ローズと言いましたね。先程は確かに私たちの失態で御迷惑をおかけしましたが、そのこととマリーを責めることは関係ありません。人でも精霊でも誰しも、心の支えが必要なのです」

ローラは胸に手を当てると、静かにそう告げた。

「そんなのは、マリーみたいな甘ったれにしか当てはまらないわ。私は違う！」

そう言うと、彼女はロックが解除された扉を開け、魔導装置に乗り込む。

「待つのですっ！　まだ話は終わっていないのですよっ！」

その後にマリーとローラが続き、アリスが後ろから肩を叩いてくる。

「そんな顔しないで、エルト君。私たちは、マリーとあなたの絆が確かだということを知っているわ」

アリスの励ましに、心が少し軽くなった。

「俺たちも行こう」

アリスと並び乗り込むと、魔導装置は上昇を開始した。

五章

海底遺跡三層の制御室には、サラ、アリシア、セレナがいた。

そのうちの二人は、シーツに横たわるとグッタリしており、一人の人間が世話をしていた。

サラが用意した氷の魔導具にタオルを置いて冷やすと、アリシアは横たわる二人の頭に乗せる。

灼熱の過酷な遺跡内を抜けてきたせいで、セレナとサラは疲労が激しく、随分長い間意識を失っていた。

「……うぅ？」

「大丈夫ですか？」

うめき声が聞こえ、サラが意識を取り戻した。

アリシアはサラに話し掛けると、容態を確認した。

「アリシアさんが、看病してくださっていたのですね？」

深淵遺跡にローズを送り出した直後の記憶がない。アリシアが海底遺跡に転移してきたころには、二人とも疲労で意識が朦朧としていたのだが、休んだことで体力が回復し現状を把握できるようになった。

「申し訳ありません」

自分の体調管理くらい何とかするつもりだったが、セレナと一緒に面倒を見てもらっている。自身にそのような資格がないことを誰よりも理解していたサラは、弱っている人を放っておけないアリシアの優しさに付け入ってしまったことを詫びた。

「このくらいのことは当然ですから」

タオルを絞る音が聞こえ、セレナの頭に乗せる。

横目で見ると、アリシアも汗を掻いており辛そうにしていた。

サラとアリシアの目が合うと、

「……少し、話をしませんか？」

アリシアはそう提案をしてきた。この二人の間にもわだかまりはある。

「ええ、私もあなたと話をしたいと思っていました」

アリシアの誘いに、サラは応じると、そこから二人は話を始めた。

★

誰一人会話をすることなく、道を進み続ける。ローズは先程までいた海底遺跡に比べると気候が変わって辛いはずなのだが、泣き言を一つ言うことなく歩き続けている。

俺は、前を歩く彼女の様子を窺いつつ、周囲に目を向ける。

魔導装置により三層に運ばれ、外に出るとそこは雪山だった。

絶え間なく吹き荒れる風が雪を運び、視界が悪い。互いの姿を見失わないよう、最新の注意を払わなければならず、これまで以上の極寒が身体を打った。

「……はぁはぁ」

ローラの息遣いが聞こえる。魔法が主体で体力がない彼女にこの雪道は辛いはずなのだが、ローズがずんずんと先に進むため休憩を提案し辛くもあった。

「御主人様、前方に敵なのです！」

マリーのウサミミが動き、敵の出現を知らせてくれる。

俺とアリスは頷くと、剣を抜き前に出た。

吹雪の中から現れたのはアイスタイタン、強固な肉体を持つ巨人で、重さを活かした攻撃はまともに受け止めれば吹き飛ばされてしまう。

火が弱点なのは明らかだが、魔法を放てない時点で、物理攻撃で何とかするしかない。

ふと俺は、ローズを見る。彼女は火の精霊王なので、この吹雪の中でも普通に行動している。

ローズが戦闘に参加してくれれば、アイスタイタンを楽に片付けられると考えたのだが、表情を見る限り手伝うつもりはなさそうだった。

「はあああああっ‼」

気合を入れて突進する。雪が積もっているので、若干動き辛いが、アイスタイタンの動きが鈍いことも加味すると、問題ない。

ボルムンクがアイスタイタンの腕を砕く。属性は乗せられずとも、自身のオーラを伝わらせることで武器の硬度を上げることができる。

リノンとの特訓の成果だ。

「……へぇ、まあまあやるじゃない」

背後でローズの声が聞こえる。

俺の戦闘を評しているようだが、まったくの駄目出しをされないだけましだろう。

「エルト君、まだ終わってないわよ」

アリスが忠告を飛ばしてきた。俺の後ろに立つ彼女には、アイスタイタンが特殊な動きをしているのがわかったらしく、それを伝えてくれたのだ。

「まだまだっ！」

俺はその攻撃を阻止すべく、剣を振りかぶるとアイスタイタンに斬りかかる。このままいけば、隠し技を使わせる前に倒すことができると判断していると……。

「【ヒートレーザー】」

突如、背後から声がして、嫌な予感がした俺は身体を左にずらした。

「えっ？　うわっ！」

ローズのてのひらから閃熱のレーザーが放たれ、真っすぐアイスタイタンへと向かった。

――ジュバババババッ――

雪が溶け、蒸気が視界を塞ぐ。

次の瞬間、レーザーがアイスタイタンに直撃し、右腕が一瞬で蒸発する。

「す、凄いです」

ローラがそう呟いている間にも、ローズはレーザーの角度を動かし、アイスタイタンの身体半分を一気に溶かした。

アイスタイタンの巨体が倒れ、音が響く。蒸気は吹雪に掻き消され、熱気も霧散して、ふたたび冷気が押し寄せる。

時間を掛けなければ倒せないはずの敵を、一瞬で討伐され、俺たちがローズに視線を向けていると……。

「いきなり撃つなんて何を考えているのです！　それ程強力なスキルを持っているのなら、最初に教えてください」

ローラがローズを怒鳴りつけた。

「ちんたら戦っているからじゃない。あの程度のモンスター相手に苦戦しているから手伝ってあげたのよ」

ローズはそう言い返すと俺たちを見回す。

「ローズ、あまり調子に乗るななのですよっ⁉」

マリーが間に割って入ると、ローズは益々不機嫌な様子を見せた。

「何よ、力もないくせに文句だけは一丁前ね。これだから人族は嫌いなのよ。群れなければ何もできないくせに」

「何ですって？」

アリスがムッとすると、ローズを睨みつける。三人とローズの間に一触即発の空気が流れる。

「まあまあ、確かにいきなりで驚いたけど、敵を倒すのに協力してくれたんだろ。剣で倒すともっと時間が掛かっていたから助かったよ。これからもよろしくな」

俺は彼女たちの間に割ってはいると、笑顔を作りローズに話し掛けた。

「……かが」

ローズは俯くと、何かを呟く。

「えっ？」

「お前なんかがその武器を振るうなっ！」

ローズは目に涙を溜めると、俺に怒鳴りつけてきた。

パチパチと火が爆ぜる音がする。

この場にいる五人は、誰一人声を出さないため、妙な圧迫感が生まれていた。

焚火の周りには肉の串が配置されている。これが俺たちの今夜の食事だ。

ローズと揉めた後、進行を再開した俺たちだが、雪道のせいで思っているよりも進むことができず、その日は休むことにした。

雪を固め穴を掘ることで風を避け、暖を取る。食事に関しては、料理ができるアリシアとセレナが向こうに行ってしまっているので、ただ肉を焼くだけとなってしまった。

先程から、妙な沈黙が場を支配している。

普段なら、ローラとマリーが口喧嘩の一つでもしているのだが、誰一人口を開くことがない。

それぞれ、火の回りに座り、暖を取っているのだが、ローズは俺たちに背を向けると、身動き一つせず黙り込んでいた。

先程の言い争いが尾を引いているのは間違いない。このままでは、遺跡の攻略にも支障が出かねない。

そんなことを考えていると、アリスが座る位置をずらし、俺の横に来た。

(このままじゃまずいわよ)

彼女は他に聞こえないように顔を寄せると、耳元で囁いた。

(どうしたらいいと思う?)

俺も小声で聞き返す。先程のローズの泣き顔が浮かび、どうしてよいかわからなくなったのだ。

（アリス？）

アリスは身じろぐと、顔を赤らめた。

（な、何でもないわ。それより、私に良い考えがあるの）

アリスはそう告げると、俺にある策を提案してきた。本来なら、このような場所でするには思い切った行動なのだが、それの有効性自体は納得できるので、少し悩んだ末に首を縦に振った。

「せっかくの食事だし、ちょっと変わった物でも出すとするか」

静寂が支配する中、俺が声を出すとローラとマリーがこちらを見る。彼女たちが注目する中、俺は【ストック】からある物を取り出した。

「幻獣シリーズの四種類目【ベヒーモスワイン】だ」

この瓶には特殊な仕掛けが施されていて、時間が経過する程に味が良くなるのだ。

俺は【ディアボロスワイン】【バハムートワイン】【リヴァイアサンワイン】を保有していて、これまでも何か特別なことがあった際に、皆で呑むようにしていた。

今取り出した【ベヒーモスワイン】は、先日、古代文明の遺跡に潜った際に発見した物だ。

王侯貴族からエルフの村の長までもが渇望しているのが幻獣シリーズワイン。

国同士の政治で交渉事が難航していた際、このワインを一緒に開けることで無二の親友となり同盟が結ばれたという逸話もある。

それくらい貴重な物なのだが、ローズの心の扉をひらくにはうってつけだろう。

「おおおお、御主人様。とうとうそれを開けるのですね」

マリーが興奮して俺ににじり寄ってくる。基本、食事やお菓子にしか興味がない彼女も、幻獣シリーズだけは飲みたがる。以前口にした時から、大層気に入ってしまったようだ。

「で、ですが……こんな遺跡の真ん中で酔うわけには……」

いかにも優等生な発言をするローラ。眉根を寄せ、批難の眼差しを俺に向けてくる。

優秀な頭脳を持つ彼女だが、生真面目な部分は長所でもあり、場合によっては短所にもなるのだ。今回みたいに敵意がある相手と行動する時に、感情に左右されかねない。

俺は、ローラを説得する方法を既に得ている。

「それは、こうしてだな……」

マリーのウサミミを外すと、アリスの頭に乗せる。

「これで索敵はアリスに任せられるから安心だ」

このことを提案してきたアリスには、今回泣いてもらうことにする。

「……それって、私に呑むなと言っているのかしら?」

マリーが持つウサミミは敵の接近を察知するための魔導具だ。これまで、様々な場面で不意打ちをくらわず、先手を打つことができたのは、このウサミミのお蔭だ。

これを身に付けるということは、マリーに代わって素敵をしなければならないということ。

当然、ワインを呑むわけにはいかなくなる。

俺は申し訳なさそうに、頼むと、彼女は溜息を吐き、

「貸し一つだからね」

そう告げると目配せを送ってきた。果たして、この貸しが高くつくかどうかが気になったが、お膳立ては整った。

コップを用意し、ワインを注ぐ。肉がぼちぼち焼けてきたので、ローズに声を掛けるのだが、無視するつもりなのか、反応がないので先に食べることにした。

「うんまいのですっ！　お肉とワインが良くあっているのですよっ！」

「本当ですね、肉の脂が舌を刺激して、疲れた身体に染み渡り【ベヒーモスワイン】のどっしりとした味わいが素晴らしく、冷えた身体を内側から暖めてくれます」

予定通り、ローラとマリーの二人がワインの評価で盛り上がり始めた。

「うん、これまで呑んできた幻獣シリーズの中でも力強いワインだよな」

俺は二人に続いてワインの味について感想を告げる。

呑むことができないアリスがゴクリと喉を鳴らし、羨ましそうにこちらを見ていた。

自制しているアリスですらこれなのだ、肉の焼ける匂いに極上のワインから漂う芳醇な香り。

かまくらという匂いの逃げ場がないのも功を奏しているのか、ローズからこちらを気にしている気配を感じた。

「ローズ、肉が焼けたからこっちに来て食べたらどうだ？」

タイミングを見計らって、俺はローズに声を掛ける。ローラとマリーは先程の一件が尾を引いているらしく、折れるのは難しいが、俺は精霊契約の際、マリーと記憶を共有している。

大切な者を失う悲しみがわからなくないし、マリーが負った心の傷の深さも知っているので、ローズを忌避する気持ちはなかった。

「ほら、市場で仕入れた新鮮な肉をそのままのタイミングで保存して焼いたから美味しいはずだぞ」

目の前で肉をちらつかせると、ローズは無言で串を奪う。

その態度に、マリーとローラがムッとしているが、ここでローズの神経を逆撫でるつもりはないらしく、口を挟んでこなかった。

ローズは無言で肉を食べ始める。

しばらくの間、様子を見ていた俺とアリスだが、マリーとローラがワインに酔い、気持ちよさそうになってきたタイミングで行動に移した。

「はい、これ」

アリスが追加の肉を渡しながら【ベヒーモスワイン】が入ったコップを差し出す。

不意打ちをくらったかのように、ローズは驚くとアリスを見た。

「肉だけだと喉も渇くでしょう？　食事は皆で食べた方が美味しいんだから、ね？」

アリスはできるだけ優しく声を掛け、笑顔を向ける。彼女もローズに思うところがないわけではないが、大人な対応を取って見せた。

ローズは黙って両方を受け取る。後は本人次第だ。

俺とアリスは視線を合わせると頷く。

急に仲良くなるのは無理があるが、同じ食事をして、同じ飲み物を口にして目を合わせることが重要。

強固な氷も熱によって溶かされるのは、先程の戦闘でも実証されている。

かつての仲間と争いたい者などいるはずもない。

敵であるより味方である方が素晴らしいに決まっている。

おそらく、彼女の心を開かせるのは短時間では無理だろう。長年の時を生きるローズとの間には俺たちには理解できない溝が存在する。

それは種族の溝であったり、価値観の溝であったり……。俺たちはそれを見守るしかない
……………。

と思っていたのだが、

「大体、ローズはいつもずるかったのですっ！　マリーが御主人様に話し掛けようとするとい

つも邪魔をしていたのですよっ！」

「うっさいわね、後から御主人様に拾ってもらったくせに、私から御主人様の時間を奪おうとするからでしょ。大体、新入りのくせに可愛がられすぎだったのよ」

先程までの俺の決意を返して欲しい。決して埋まらないと思っていた溝が一瞬で埋まる。

「お姉様、あのワインに何か盛ったのですか？」

少し酒に酔って、色っぽい様子を見せるローラがアリスに近付き話し掛ける。

「私はそんなことしないけど、エルト君？」

アリスは疑いの視線を俺に送ってきた。

「いや、俺だって何もしてないさ」

「おそらく、凄く酒に弱かったということなのでしょうね……」

ローラはそう結論付けると、呆れた表情を浮かべた。

「エルト様とお姉様の考えは理解しました。感情に流されるとは私もまだまだでしたね」

今の状況を見て、ローラも俺たちがどうしたかったのかを理解した様子だ。

「ですが、お姉様、何度も申し上げますけど、他人の世話をしている場合ではないかと思いますよ？」

ジットリとした視線を、ローラはアリスに向ける。

「溝があるのは何もローズと私たちに限りません。せっかく可愛いウサミミを着けているのですから。少しはエルト様にアピールしてきてください」

ローラはそう言うとアリスを押し出した。

「あっ……ううっ」

横を向くと、顔を真っ赤にしたアリスと目が合った。

「エルト様。お姉様のウサミミ、とても可愛らしいと思いませんか？」

ローラから答え辛い質問を受ける。

「ああ、そうだな」

流石に素敵を押し付けた身としては、答えないわけにもいかない。実際、アリスのウサミミは新鮮で良く似合っていた。

「お姉様も、エルト様のコップが空です。ワインを注いで差し上げてください」

普段よりも饒舌になり、姉に駄目出しをするローラ。どうやら彼女も随分酔っているらしい。

「ど、どうぞ、エルト君」

妹に指摘されたからか、アリスは瓶を傾けるとワインを注ぐ。

「あ、ああ」

彼女が緊張しているからか、俺も身構えてしまう。先程、ローラが指摘したせいか妙にアリスのウサミミが気になった。

「ふふふ、エルト様はお姉様の魅力にメロメロのようですよ」

「「なっ⁉」」

ローラにからかわれてしまい、二人揃って声が出た。

「私も、苦手だなんて言っていられなさそうなので、向こうに混ざってきますので」

立ち上がるとその場を去る。アリスとの間に気まずい雰囲気が流れるのだが……。

「こっちはこっちでお話ししましょうか」

アリスは恥ずかしそうにそう言うと、俺との間にある隙間を一歩詰め、身体を寄せてくるのだった。

◇

「何とか、無事に辿り着いたな……」

雪山をさまようこと数日、俺たちはようやく制御室を発見すると、部屋になだれ込んだ。

「それにしても、ローズがいてくれてよかったわ」

アリスの言う通り、道中、彼女の【ヒートレーザー】には何度も助けられた。

現れるモンスターが氷属性ということもあってか、ローズの攻撃だけでモンスターは半壊するので、移動時間を長くとることができた。

もっとも、ちゃっかりしているもので、活躍した分に見合った報酬を要求をしてきたので、幻獣シリーズワインを全種類彼女に渡すことになった。

「何はともあれ、少し休めるのです。吹雪はもうこりごりなのですよ」

マリーも床に転がり身体を伸ばしている。

『エルト、無事でよかった』

モニターにアリシアの姿が映し出された。

『そのメンバーなら問題ないと思っていましたが、無事で何よりですね』

横からサラが顔を出す。柔らかい表情を浮かべているようだが、彼女だけは何を考えているのか読むことができない。

「そっちこそ、問題はないか？」

俺たちの気温設定のせいで随分消耗していたはずなのだ。

『ゆっくり休ませてもらったから、気温も精霊の力で何とかなったからそっちより快適だったわ』

セレナも回復しているみたいで、明るい笑顔を向けていた。

「さて、早速新しい項目について確認しましょうか……」

ローラが制御パネルの前に立つ。

これまで通りなら、片方が制御室に到達すると、両方の制御パネルに扉のロックを解除するための項目が浮かぶはずだ。

ローラはパネルに浮かび上がる古代ルーン文字に視線を走らせた。

「『気温設定』の幅が十段階から二十段階に変化しています。これは……」

険しい表情を浮かべる。

「現状では大丈夫だろう」

以前の十段階ですら死の危険があったのに、それが二十段階ともなると操作されたらまず生き残れない。

それでも、両側に仲間がいる状況なら、良からぬ動きがあっても止めることができる。

「そう言えば、古代ルーン文字を読めるのが全員こっちに来ているのです。どうするつもりなのです？」

マリーが口元に手を当てて疑問を浮かべる。

「それなら考えてありますよ。アリシア、お願いします」

指示を受けて、アリシアが作業を始める。下を見て何かをしているのだが、モニターには揺れる頭が映っていた。

『ローラ様、見えますか？』

「ええ、そのままお待ちください」

アリシアが両手で紙を持ち、俺たちに見せてきた。

「みぇ？　何なのです？」

「言っていたじゃないですか、古代ルーン文字を読める人間があちらにいなくなるから、紙に書いて見せてもらうと」

「そんな話、していたのです？」

マリーの頭の中から抜け落ちていたようだ。

「ったく、相変わらず人の話を聞かないわね。それで何度、私たちを魔法に巻き込んだんだか……」

ローズが眉間に指を当て苦い表情を浮かべる。今でもたまに同じミスをすると伝えてやったらどんな反応になるか気になった。

二人が仲良さげにじゃれ合っていると、

『ローズ、随分とそちらと打ち解けたようですね？』

「べ、別にそんなつもりはないわよ。マリーは相変わらずうざいし、他の連中は……まあ」

サラは言い淀むローズに探るような視線を送る。俺は彼女の瞳から何を考えているのか探ろうかと見ていると、ローラが解読を終えた。

「『気温設定』に関しては同じですね、どちらからも二十段階まで弄ることができるようです。後、追加で『転移魔法陣』があって、こちら側からまた一人、そちら側へと送らなければならないようです」

「さらに一人送ったら、両側の遺跡にいる人数が同じになるわね」

アリスの指摘に、俺もローラも何か意図があるのではないかと考え込む。

『どなたを寄越していただけますか？』

サラが次に自分のところにくる人間について聞いてくる。自分の優位性を確保するのなら、ローズを戻すように言うはずだが、先程の視線の件もある。どう考えているのか……。

俺は全員を見回す。海底遺跡に移動するということは、着いて早々にまた過酷な遺跡を進まなければならないということになる。

極寒から灼熱への移動はそれ自体体力の消耗が激しいので、精霊ならともかく人間には負担が大きすぎる。

適任はマリーかローズだと考え、俺が悩んでいると……。

「では私が移動しましょう」

「ローラが、どうして？」

妹を心配したのか、アリスは彼女に詰め寄る。

「あちら側は、魔法が使えるのでしょう？　今回、ローズがこちらに来たことで気付きましたが、適切な場所に適切な人間を配置することこそが、この遺跡を攻略する鍵なのだと考えます。私は魔法を使えればこの中の誰にも負けない自信がありますし、あちら側にも古代ルーン文字を読める人間がいた方が便利ではありますからね」

「確かに、ローラが行ってくれるならありがたいけど……」

彼女はこの中でひと際体力がない。温度差のこともあるので、体調を崩すのではないかと心配になった。

「平気ですよ、お姉様、エルト様。私、実は寒いよりは暑い方が得意ですから」

俺たちに向かって微笑んで見せる。彼女がそう言うのなら平気だろう。

「それでは、アリシア。転移魔法陣の準備をお願いします」

『わかりました』

あっさりと決定すると準備が進む。

「体調が悪くなるようなら、遺跡の進行速度は考えなくてもいい。休むんだぞ」

送り出す前に、ローラに無理をしないように告げる。彼女は責任感が強いので自身を顧みないことが多いからだ。

ローラはふと考えると、

「……セレナだけでは不公平ですので、私もエルト様から元気をいただきますね」

「あっ、ずるいのです。ローラ！」

ローラが抱き着き、マリーの抗議が聞こえる。

(サラの動きには私が気を配りますので御安心くださいね)

抜け目なく、俺にそう伝え、ローラは魔法陣に立つと、転移していった。

最後に「一度転移魔法を体験してみたいと思っていたのですよね」と言い残すあたりが彼女

らしい。

「さて、それじゃあマリーたちはローラが次の階層に行くまで休憩するのです。ローラが働いてマリーが休む、二倍楽しいのです」

「美味しいものでも食べながらゆっくり待ちましょうね」

過酷な遺跡なのだということを忘れそうになるほどいつも通りの二人の精霊王に、俺とアリスは呆れた視線を送るのだった。

★

「やはり、こちらの遺跡は魔法が使えれば随分と難易度が下がるようですね」

ローラは杖を構えると、快適な様子で遺跡を歩いていた。

海底遺跡も四層ともなれば、出現するモンスターも一筋縄ではいかなくなる。前の層までは武器による攻撃が通じないクラゲ型などだったのだが、ここにきて歩く場所が溶岩地帯になり、現れるモンスターも【ラヴァゴーレム】という溶岩の塊のような巨体のモンスターになっていた。

「むしろ、難易度そのものは上がっているのですが……」

サラは呆れた様子でローラに告げる。これまでの道中、【ラヴァゴーレム】が何度となく立ちはだかったのだが、ローラが魔法であっさりと片付けてしまっていた。

　サラは聖魔法専門だし、アリシアは、神の雷と名高い【ホーリーライトニング】の魔法が使えるが、【ラヴァゴーレム】は土属性と火属性なので相性が圧倒的に悪い。

　セレナの風属性と水属性の精霊は通じなくもないけど、威力と連続使用を考えると火力が足りない。

「……また、奥からモンスターです」

　アリシアが警戒した声を出す。

「【フリージング】【ウインドバースト】」

　ローラは手に杖を持つと、超強力な魔法を放ち、敵を凍らせ、立ち込める熱気を風で飛ばした。

「ふぅ、倒すたびに熱気がこちらに流れてくるのは勘弁してほしいですね。もう少し気温をさげますよ」

　おまけに、魔法を使って周囲の気温すら操るので、皆は魔導着を脱ぎ、普段の格好に戻ることができていた。

「ローラ様、御怪我はありませんか？」

「平気ですよ、アリシア。モンスターからは一撃ももらうつもりはありませんので」

　自信に溢れた笑顔で、その場の全員に聞こえるように話す。これまで魔法を使えなかったせいか、随分と鬱憤が溜まっていた様子だ。

「先程からこちらを見ているようですが、どうかしましたか、サラ?」

ローラは、常に視線を向け続けてくるサラに話し掛けた。

「……いえ、改めて、それが【神杖ウォールブレス】だったのかと思いまして」

邪神が保有していた杖で、天空城への鍵となる古代の遺物《アーティファクト》。現在、サラがもっとも手に入れたいそれが、もっとも厄介な相手の手中にあった。

「あなたもこれが欲しいのでしょうが、私を殺して奪ってみますか?」

挑発的な言葉に、サラは眉根を寄せ真剣な瞳を向ける。

「現在の私たちは一蓮托生。たとえここでローラ王女を害してそれを手に入れたとしても、残るメンバーではこの層を突破できませんから」

サラの言葉は「この遺跡を抜けることが出来るのなら害する意思がある」という風にもとることができる。

「そちらこそ、ローズの持つ【生命の腕輪】。あれをいつまで保有しているつもりですか?」

サラの挑発に、ローラが乗った。

先程、モニター越しにも確認しただろうが、現在のローズとマリーの関係は悪くない。ローラとて、酒の勢いではあるが、多少は話をしている。

彼女さえ取り込んでしまえば、勝敗はついたようなものだ。

「この一ヶ月、色々と動き回ってこちらをかき乱して・混乱させて・困惑させてくださいましたが、こうして一緒しているからには出し抜けると思わないでくださいね」

ローラが鍵に反応して追ってくるのを逆手に取り、転移魔法陣がある古代文明の遺跡を移動して撹乱したり、時には山奥に【生命の腕輪】を置き去りにして、しばらくしてから手元に引き寄せたり、お蔭で、エルトたちはしなくても良い苦労をさせられた。

「何のことでしょうか?」

とぼけて微笑むサラと、内心の怒りを抑えながら微笑むローラ。水面下では互いの牽制が行われていた。

「それにしても、最初からこうしてたら良かったのにね」

セレナが気楽な様子で歩く。これまでに比べて快適な探索となっているので表情は柔らかい。

「そろそろ遺跡の奥まで来たはずなので、鍵があるとしたらもうすぐかもしれませんね」

現状、鍵の所有バランスで不利な立場にあり、ローズの離反も考えなければならないサラは、

「これは……、先のことを考えておかなければならないかもしれませんね」

エルトたちの結束を壊すためのパズルのピースは手元にある。後はどのタイミングで使うか……。

自分に有利な条件を整えるため、考えを巡らせるのだった。

★

『四層の制御室に到着しましたよ』

ローラから連絡が入ったのは、俺たちがこの制御室に着いた翌日のことだった。

「はやっ！　もうっ⁉」

「まだゆっくり休んでないのですよ⁉」

ローズとマリーが不満そうな声を出す。後数日は掛かると思い、だらだらしていたからだ。

画面の向こうではローラが首を傾げ、何でもないような態度をとっている。

『魔法さえ使えればこの程度は、四闘魔と比べても弱いモンスターしかおりませんでしたので』

「比較する対象がおかしいわよ⁉」

人族の王族で大賢者の称号を持ち、邪神が身に着けていた【神杖ウォールブレス】を操る天才賢者。それらすべてがローラを示す称号だ。

彼女は膨大な魔力を持ち、多様な魔法を操り、古代遺跡を攻略してきた。

一緒に行動していた俺は、その力を間近で体験している。

「お疲れ様、制御パネルには何て書いてある？」

驚く二人をよそに、俺はローラに質問する。

『こちら側に追加された項目は『転移魔法陣』。説明は『お互いの側から二人の人間を入れ替える』と書かれています』

いよいよ、人員の入れ替えが激しくなってきたようだ。

「流石に三連続はきついだろうから、ローラは残ってくれ」

今度は二人となると、残った三人から選ばなければならない。

『お気遣いありがとうございます』

俺の言葉に、ローラは笑うと返事をした。

「二人、あっちに行かないといけないみたいなんだが、どうする？」

海底遺跡側の交代する人間は話し合って決めてもらうとして、こちらも誰を送るか相談しなければいけない。

「うーん、そうね。私の意見だけど、ローズにはこっちにいてもらった方が良いと思うわ」

「なのです。良い暖房代わりになるのですよ」

「ちょっと‼　あんたそう言うつもりで近くにいたのね⁉」

抱き着いてくるマリーのアゴを押し返すローズ。二人がやたらと近くにいると思っていたが、どうやら暖房代わりだったらしい。

「実際、ローズが入ったことで、こちらの遺跡攻略が随分楽になったからな」

俺は彼女に残る意思があるか確認した。

「私は役割を果たすだけ。別にどっちでも構わないわ」

ローズはジト目でマリーを追い払い返事をする。

「ローズが残るなら、私かエルト君のどちらかが向こうに行くべきよね。ローラの話を聞く限り、モンスターの強さも層をまたぐたびに強化されてきているみたいだし、両方に前衛がいた方が良いと思うの」

確かに、先程報告してもらった【ラヴァゴーレム】など、倒しきるのに時間が掛かりそうなモンスターが出てくることを考えると、抑えは必要だろう。

「なら、俺がこっちに残るよ」

最近、実はとあるスキルのコツを掴んだので、寒さならば耐えられるようになっている。この機を逃さず練習したいと思っていた。

「じゃあ、私があっちに行くわね」

特に反対することなく、アリスが頷いた。

「ふむん、そうするとマリーもあちら側にいくのですね？　魚料理なのですっ！」

海底遺跡と聞いて、その過酷さよりも食糧に意識が行くマリー。話を聞く限り、海中の深い部分まで進んでいるので魚は獲れないと思う。

「言っておくけど、既にかなり海の底まで進んでいるから溶岩が流れてくるらしいわよ」

アリスが冷静に突っ込みを入れた。

「さて、あちら側は誰を送ることになったのか……」

次は俺たちが四層に進む番。どのような攻略メンバーで挑むことになるのか、俺は気になると、海底遺跡側の結果を確認するのだった。


「準備はいいな？」

俺は入れ替わったメンバーに声を掛ける。

「奇妙な縁ではありますが、こうして一緒に行動するからには足は引っ張らないようにします」

「こっちは相変わらず寒いわね、でもローズの周囲は暖かい」

向こうから転移してきたのは、サラとセレナだった。

最初、セレナとアリシアにする案が出たようなのだが、周りの負担を考えて、サラが移動に立候補したらしい。

新しく降りた四層は、先日のような氷雪があるような場所ではなく、天井・壁・地面すべてが透き通った水晶でできた場所だった。

「魔力を溜めこむ【魔水晶】がこんなに……。この遺跡を作ったやつは意地でも魔法を使わせないつもりなのかしら？」

ローズがポツリと呟く。数千年を生きる火の精霊王だけあって、彼女から教わることも多い。

「それでも、ローズのスキルが通用するのならばまだましだと思います」

サラの言う通り、三層で湧いたアイスタイタンにはローズの【ヒートレーザー】が有効だった。たとえこの層からモンスターの種類が変わったとしても、彼女の存在は、遺跡攻略において有利に働くだろう。

「どう、ローズ。体調は大丈夫？」

歩きながら、セレナがローズに話し掛ける。

「別に……普通」

セレナと普通に接するローズ。彼女は予想通りというべきか、海底遺跡側でも仲良くしていたようだ。

「その精霊石、使ってないんだ？」

ローズが大切そうに持っている精霊石を、セレナは指差した。

「私には【生命の腕輪】があるから、回復だけならこれで何とかなるし……」

ローズの左腕に嵌められた【生命の腕輪】これは、天空城を起動する鍵なのだが、同時に古代の遺物《アーティファクト》でもあり、身に付けているだけで体力を回復することができる。

「な、何よっ！　一度もらった物なんだし返さないんだからねっ！」

「別にとらないから、ただ、大事にしてくれていたのが嬉しかっただけ」

精霊石を隠す仕草を見て、セレナは笑みを浮かべていた。

ローズとセレナが前を歩き、楽しそうな会話をしている。壁が透けているこの場ではモンスターからの不意打ちを受けることがないので、安心して歩くことができる。

周囲に気を配っていると、サラが横に並んできた。

「この寒さ、あの日の山脈を思い出してしまいますね」

含むものを感じる。サラが言葉にしたのは、デーモンロードと戦った、山脈の洞窟内でのことだった。

「まさか、また一緒に行動することになるとは、思わなかったよ」

あの日、彼女が悪魔族側に立った時から、俺たちは共に肩を並べることはもうないのだと思っていた。

「アリシアさんには改めて謝罪させていただきました。エルトさん、イルクーツではあなたの大切な方を利用して申し訳ありませんでした」

サラは突然頭を下げてきた。

「あの時のことは、俺がしっかりアリシアと話をしていれば防げたことなんだ」

きっかけは俺たちを利用しようとしたサラとデーモンロードの企みだ。だが、元を正せば俺がアリシアを傷つけたのが原因だ。

サラに罪があるとすれば、それはアリシアの命を危険に晒した点のみ。彼女に謝ったのなら俺がとやかく言うことではない。

「アリシアさんからも同じようなことを言われました。自分たちの問題なので、エルトさんに謝れば気にしないと」

「……そっか」

もしかすると、サラがこちら側に来たのはアリシアが気を利かせたからなのかもしれない。

しばらくの間無言で歩みを進める。

「なあ、世界に復讐するのって………」

会話が途切れている間に考えていた言葉が漏れ、途中で止まる。

俺はうかつな発言だったと、口元を押さえる。

「勿論、諦めておりませんよ」

サラは穏やかな表情を浮かべながら答える。

何と言葉を掛ければ、彼女は復讐を思い留まってくれるのだろうか？

「私にとって、復讐はこの世界に生きる目的です。たとえ、エルトさんがどれだけ言葉を並べ説得したとしても、聞き入れるつもりはありません」

はっきりと告げられ、言葉を失った。

「エルトさんは御存じないかもしれませんが、ガイア帝国は最近まで、戦争の準備をしておりました」

サラの言葉に俺は驚いて彼女を見る。

「もしかして、ローズに農村を襲わせていたのって……」

彼女は頷く。

「帝国の兵力を少しでも削るためです。それこそ、戦争ができなくなるくらいに……」

サラは一連の目的を俺に説明した。

「エルトさんが考えているよりもずっと、世界は残酷で、人は醜いです。私は、あれからデーモンロードの宝物庫を破り、悪魔族の魔導具を手に入れました。これを使えば、数国であれば亡ぼすことも可能です」

冷たい表情を浮かべ、彼女が告げる。

「ですが、この世界において、もっとも強力な兵器は天空城です。これがたとえば帝国に、野心ある者の手に渡れば、世界はその者に支配されることになるでしょう」

そのことに異議を唱える気にはならない。ローラからも、ガイア帝国の動きがきな臭いことについては教わっていた。

「エルトさん、あなたはまだ失うということについて、理解しきれているとは言えません」

サラは鋭い目つきを俺に向けてくる。

「もし、アリシアさんがあの時命を落としていたら、もし邪神に彼女を捧げていて、それを強制した人物が目の前にいたら、自分を抑えきれる自信がありますか？」

一瞬、胸の奥が熱くなる。仮にそうなっていたとして、俺はどうしただろうか?

「その時になってみないとわからない」

考えた末、俺は素直に答えた。

「そうですか……。ではそうなった時にもう一度聞かせていただきます」

その言葉に背筋が震える。

「それってどういう……?」

含みをもたせた彼女の言葉が気になり、俺は追及しようと考えるのだが、

「あんたたち、敵がきたわよ‼」

そのタイミングは、モンスターの出現で失われてしまった。

『ガガガガガ‼ ピー‼ ガッシャン‼』

何かが動く音がすると、そいつは身体を変形させ人型をとった。手には見たこともないような武器と思われる物を構えている。

「ちょっ‼ 今すぐ避けなさいっ‼」

ローズは叫び声と共にセレナを突き飛ばし横に飛ぶ。

「悪い、触るぞ」

「きゃっ⁉」

俺はサラの身体を抱くと、その場から離れた。

――ガガガガガガガガガガガガガガガガガガガガガガ！！！！！――

「ひっ⁉」

遺跡内に激しい音が鳴り響き、セレナが耳を押さえる。

「な、何だ、この攻撃⁉」

おそらくスキルではない。現れた敵の構える武器から何かが射出されているようだ。

「古代文明が誇る【魔導アーマー】よ！　その【マジックマシンガン】は魔力を金属に変えて無限に撃ちだすことができるの」

ローズが説明をしている間にも、攻撃の手が緩むことはない。

「わわわっ⁉」

「きゃあああああっ‼」

胸元でサラの慌てる声が、離れた場所でセレナの叫び声が聞こえる。

立ち止まると攻撃を受けてしまう。俺とローズは必死に魔導アーマーから逃げ回った。

「え、エルト。す、ストック！　こういう時こそストックできないの⁉」

「駄目だ！　受けきれない！」

サラを抱えたままでは飛んでくる攻撃をすべて把握するのは不可能だ。

「このっ！　調子に乗るんじゃないわよっ！」

俺が戦えないでいると、ローズが叫んだ。

「骨董品の分際で、火の精霊王に勝てると思っているのっ！　【浄化の炎】」

ローズが口から火を吐いた。橙の炎が魔導アーマーにまとわりつく。

「この炎は一度まとわりついたら対象を焼き尽くすまでは消えないのよっ！　もがき苦しみなさい」

全身を炎に包まれ、持っていた【マジックマシンガン】が溶ける。

「す、凄いわね……」

敵を完全に無効化したことで、セレナは称賛の言葉をローズに贈った。

「べ、別にこのくらい、大した相手でもないわよ」

ローズは照れ隠しをすると、魔導アーマーから視線を切った。

次の瞬間、魔導アーマーがふたたび動き出しローズに襲い掛かった。

「ローズ、危ないっ！」

咄嗟にセレナが前に出ると、魔導アーマーの一撃を受け吹き飛んだ。

「セレナ⁉」

俺は焦りを浮かべる。この遺跡では魔法が使えない。パーフェクトヒールで彼女を治すことができないからだ。

「エルトさんは、そいつを倒すのに専念してくださいっ！」

「よくも、セレナをっ‼」

俺は剣を握り締めると魔導アーマーに攻撃を仕掛ける。


――ギィン‼――


「か、硬い⁉」

これまで、すべての敵にダメージを与えてきた神剣ボルムンク。その攻撃が通用しなかったからだ。

「魔導アーマーの動力は魔水晶よ。各部位に使われていて、魔力を込めると強度が増す。外装は神剣ボルムンクと同じ材料のオリハルコン。素の攻撃は通用しないわ！」

ローズが敵の情報を伝えてくる。

「駄目です。やはりこの場での治療は厳しいです。はやく安全な場所に移動しないと」

サラの声に、状況が最悪なのだと認識する。

「くっ！【イビルビーム】」

祈るような気持ちで、自身が放てる最強の技名を叫ぶが、魔水晶が輝き、イビルビームの魔力を吸い取るので、効果を発揮させることができない。

「増援が……きたわよ」

ローズに言われて奥を見ると、さらに数体の魔導アーマーが遠くからこちらに向かってきていた。

「あんたっ！　マリーの主人なら何とかしなさいよっ！」

魔法も、精霊も表に出すことが出来ず、ストックを解放することすらままならない。

このままでは全滅する。絶体絶命の危機を意識すると、頭の中に皆の笑顔が浮かんだ。

俺のために必死に特訓をし、魔法やスキルをストックさせてくれた。彼女たちの想いに応えるため、俺はリノンの下で訓練をした……。

次の瞬間、俺は二つのスキルを同時に使用した。

神剣ボルムンクが漆黒に染まる。

「な……何よ、その。禍々しいオーラは……」

ローズの恐怖が伝わってくる。

俺はそれに答える余裕がなかった。二つのスキルを同時に使ったこともなければ、暴れ出すこの力を制御するのに必死だったからだ。

「危ないっ‼」

ローズの声に反応して、身体が動く。

手を伸ばし、俺を握りつぶそうとする魔導アーマーの腕をすり抜け、敵の懐に飛び込むと剣を横に振るった。

――ザンッ‼――

確かな手ごたえと共に、魔導アーマーを斬り裂き、切り口から魔水晶が露出した。

「【イビルソード】」

自身の能力である【ストック】と特訓で得た【シンクロ】を組み合わせ、イビルビームを放つのではなく剣に留める。

「す、凄い……あれが、邪神を返り討ちにした……」

ローズの声が聞こえる中、俺は奥にいる魔導アーマーへと突撃していく。

先程までの劣勢が嘘のように、魔導アーマーに攻撃が通じる。剣を振るうたび、魔導アーマーのボディを斬り裂き、何度も攻撃を加えるうちに動かなくなった。

「ふぅ……どうにかなったな」

敵を全滅させ、戻ると……。

「このままでは危険です」

顔を青くして横たわるセレナと、泣きそうな顔をするローズ。俯いたサラがいた。

★

「サラ、どうにかならないのか？」

エルトがサラに詰め寄る。私はそのやり取りを思考が定まらないままに聞いていた。

「魔法が使えればこの程度治癒できますが、今の状態では治癒魔法が発動しないのです」

サラが淡々と告げる。ここ、深淵遺跡では魔力を表に出すことができないので、治癒魔法を使うことができない。

「くそっ、俺がもっと早くこのスキルを使っていれば……」

「エルトさんは精一杯やりました。制御できるかもわからない二つのスキルを同時に操ったじゃないですか」

エルトは自分のことを責めているけど、そうじゃない。私が、油断したからいけなかったのだ。セレナは隙だらけだった私を庇って、魔導アーマーの一撃を受け、明らかに重傷を負っている。

「二人とも、ごめん……ね。私のせいで」

どうにか治療方法がないか話し合う二人の声を聞き、セレナが意識を取り戻した。

「大丈夫なのか、セレナ？」

「しゃべると傷口に響きます」

二人は争いを止め、セレナに話し掛ける。

「ちょっと痛いかも……寒いからかな。身体の感覚がないよ」

大量の血が流れて、魔水晶を赤く染める。

セレナと目が合った。これまで、私は多くの人の死を見てきた。彼女の様子を見る限り長くはもたないことがわかった。

「……どうして、私を庇ったのよ⁉」

私とセレナは仲間なんかじゃなかった。一緒に過ごした時間も少ないし、話した回数も多くない。まったくの他人もいいところだ。

だというのに、彼女は魔導アーマーの攻撃から身を挺して守ってくれたのだ。

「ローズ、無事で良かった……」

「うぐ……ふぐぅ………」

その言葉を聞いた瞬間、私は堰き止めていたものをこらえ切れなくなり、目から涙が流れる。

自分が死にそうになっているにも拘わらず、セレナは私の身を案じていた。

心の底から彼女を失いたくないと思った。内から熱いものが溢れてくる、

「そうか……これが……」

数千年の間、失くしてしまったと思っていた私の気持ちを思い出す。私は涙を拭くと、

「一つだけ方法があるわ」

皆に告げた。

「方法だって？」

エルトと目が合った。

「あんたの技を見てて思い出したんだけど、精霊は御主人様と魔力を同期させることができる。さっきあんたがやったシンクロと近いことが出来るのよ」

説明を続ける。

「私の体内にある【再生の炎】は身体が傷つこうとも修復させることができる。これからセレナと精霊契約をしてパスを通せれば、パスを通して再生の炎の効果を送り込むことができるはずよ」

「ちょっと待ってくれ！　精霊王との契約はリスクが高すぎるだろ！」

エルトは焦りを浮かべると、必死に私を止めようとしてきた。マリーと契約する際にそう告げられたのだろうが、精霊契約は他にもある。

「それは、精霊王を使役する場合の話よ。精霊との契約には『使役』の他に『友誼』という対等な契約があるのよ」

私にも焦りが生まれる。説明している間にセレナの呼吸が浅くなってきた。

「これは精霊とエルフが完全に対等な契約を結ぶから、そこまで負担はないはず。それでも、セレナと私が契約できるかは半々ね」

契約を持ち掛ける以上、嘘を口にすることはできない。私はセレナに聞かせた。

「……それ、やるわ」

「セレナ⁉」

「私の命が危ないからってわけじゃない。私はローズにもマリーちゃんみたいに笑って欲しい。一緒に旅をして、一緒に食事をして、一緒に寝て……失ってしまった当たり前の生活を取り戻して欲しいの」

セレナは身体を起こすと、私に手を伸ばす。

「わかった、セレナの意思を尊重する」

エルトも覚悟を決めたようだ。

「……それじゃあ、いくよ」

セレナの言葉に、私は頷く。

「我が名はセレナ。我、汝と友好を結び共に歩むことを宣言する」

私とセレナを囲むように赤い光が周囲を満たす。

「我は精霊王ローズ。汝の良き隣人として共に歩むことをここに誓う。願わくばこの炎が燃え尽きる時まで……」

お互いの身体から魔力が溢れ流れ込んでくる。セレナのこれまでの記憶が見える。

「くっ……うう……」

セレナの苦悶の声が聞こえた。

「セレナ⁉」

「へ、平気よ、エルト。ローズの記憶がちょっと流れてきただけだから」

私がセレナの記憶を知るのと同様に、彼女も私のことを知ってくれている。この世界に私の本当の心を知ってくれる者が存在するかと思うと嬉しくなり、自然と笑みが浮かんだ。

お互いの魔力の循環が完了し、やがて……。

「均衡したわ。後はパスを作るだけね」

私はセレナに近付くと、強く抱き着いた。

「あ、暖かいものが流れ込んでくる」

先程まで血の気が引いていたセレナだけど、徐々に顔色が良くなってきた。

「今、私の身体から【再生の炎】を使ってセレナの身体を治してる最中よ。もうしばらくはこのままだから」

そう説明をしていると、セレナが腕を伸ばし私を抱きしめてきた。

「ちょ、ちょっと⁉」

「ごめん、嫌だった？」

耳元でセレナの声が聞こえた。

「嫌なら最初から抱き着いてない」

私を抱きしめる力が益々強くなる。

「本当に生きた心地がしなかった……」

エルトが何やら呟いているが、私たちはセレナの治療が終わるまでずっと抱き合っていた。

★

『ほぇぇ、結局、セレナと契約したのです？』

「煩いわね。緊急事態だったんだから、しょうがないでしょ」

ローズはマリーから顔を逸らすと、気まずそうに言いわけを口にした。

あれから、四層の制御室に到着した俺たちは、遺跡であったことを報告していた。

敵が強力になり苦戦を強いられたことや、セレナが死にかけたこと、それをローズが精霊契約をして救った件について皆に話してある。

酒を酌み交わしたとはいえ、多少のしこりがまだ残っていたが、今回の件で、ローズは完全に俺たちの仲間になったと考えて問題ないだろう。

アリスもローラもアリシアも、モニターの向こう側からローズに感謝の言葉を告げていた。

『ふふん、結局ローズも契約したのです。あれだけ偉そうに言っておきながら、人が恋しかったのです』

「し、仕方なくって言ってるでしょっ！　話を聞きなさいよっ！」

マリーに勝ち誇られて悔しいのか、ローズは顔を真っ赤にして反論した。

「そっか……仕方なくだったんだ……」

「あっ、今のは違くて……」

ローズの言葉に、セレナは傷ついたのか顔を伏せる。

「い、今のは、あの馬鹿がからかってくるからで、わ、私は、セレナのことそんなに嫌ってないから……」

「そう……、嫌われてない程度なのね？」

益々俯き、ローズから顔を隠す、セレナ。

「ああもうっ！　面倒くさいわねっ！　あんたのことも大切っ！　これ以上は言わないからっ！」

そっぽ向くローズに、

「うん、私もローズが大切よ。これからもよろしくね」

セレナは最初から傷ついておらず、ローズに抱き着いた。

仲の良い二人を微笑ましく見ていると、

『ともあれセレナが助かって良かったです。ですが、今は情報の交換を続けましょう』

ローラが一言で場を引き締める。

『それにしても、ここにきて、エルト様のスキルを封じる程の魔晶石と、魔導兵器の投入。そこまで強力な敵が出るということは、そろそろ遺跡の最奥が近いはずですね』

両方の遺跡をそれぞれに四層まで進んだのだ。深淵遺跡は頂上付近、海底遺跡は海中深くまで潜る程移動しているので、そろそろ最深部が近いと考えられる。

『皆が到着して、モニターに新たな項目が出現しました『扉ロック解除』とあります』

「こっちも同じように『扉ロック解除』って出たわよ」

ローズが文字を読み、ローラへと伝える。

『……今回は『転移魔法陣』はなしですか？』

「ないわよ。そう聞くってことは、そっちも出てないのね？」

『ええ』

ローラはアゴに手を当てて考え込む。これまでは人員を入れ替える『転移魔法陣』があったのだが、今回はそれもない。互いの遺跡のロックを解除すれば進めるようだ。

『いずれにせよ、この先はもう何があっても対処するしかありませんので、どちらも進むというのなら、まずはゆっくり休んで、あらゆる可能性を検討してからにしましょう』

ローラの言葉で締めくくると、俺たちは身体を休めるのだった。

モニターの向こう側では、アリスとマリー、ローラとアリシアに分かれて楽しそうに話をしている。

遺跡に籠ってから数週間、寝食を共にし、危険を乗り越えてきたことでこれまで以上に打ち解けてきた気がする。

こちら側でも、セレナとローズが楽しそうに話をしている。

二人は、精霊契約を終えてから身体を寄せてベッタリしている。マリーの時もそうだったが、数千年もの間、契約できる人間を待ち続けていたことを考えると、無理もないだろう。

そんな中、離れた場所に座りモニターをじっと見つめ続けているサラ。共に遺跡に入ったローズがこちら側になってしまったせいか、彼女は険しい表情を浮かべている。

食事の際に、何度か話し掛けてみたのだが、遺跡攻略の要件以外では、一言二言で会話を打ち切られてしまう。

この先の遺跡を攻略において、彼女の協力があるかないかで大きく状況が変わる。どうにか話をしたいと考えるのだが、それから数日が経ち、攻略を再開するまで彼女は口を噤み続けた。

『それでは、同時に進みましょう』

数日の休息を取り、いよいよ奥へと進む日がきた。

『ここから先は、これまで以上の危険が潜んでいると思って、各自油断しないようにお願いします』

ローラが改めて皆に忠告する。

『皆の無事を祈っています』

アリシアが不安そうな表情を浮かべる。

『ここまできたなら、さっさと片付けてしまいましょう』

アリスは気合も十分のようだ。

『遺跡を攻略した後は宴会なのです』

マリーは普段以上に浮かれている。

四人の姿がモニターから消えた。ロックが解除された扉を通って前に進んだのだろう。

「俺たちも行こう」

「ええ」

「うん！」

「……ん」

俺はサラ、セレナ、ローズを順に見る。疲労が残っている様子もない。扉を開け部屋に入った。

「……転移魔法陣」

部屋の中央にはぽつんと一つ魔法陣が設置されている。

「多分これに乗ったら最奥の層に行く。そこには強力な敵が待ち構えているって話よね？」

これまでの遺跡の仕掛けから、最悪の想定をしてきた。発言したローズのみならず、全員が緊張した表情を浮かべる。

俺が最初に魔法陣を踏むと景色が一瞬で切り替わる。

生贄になる覚悟をして邪神の下へと向かった時よりも気が楽なのは、仲間が周囲にいるというのが大きいのだろう。

「やはり、同じ場所に繋がっていたようですね」

先に来ていたローラたちが振り向いた。

「皆さんが集まったのなら心強いですね」

サラが俺の横を通りすぎ、ローラに話し掛ける。

そうしている間に、俺は周囲を見回し、この場を把握しようとしていた。

「ほぇぇー。でかくて広いのです」

巨大な四角い部屋だった。

俺たちが出現した魔法陣が後ろにあり、中央には巨大な柱があり、地面と天井を繋いでいる。

制御室にあった機械のようで、ここが二つの遺跡の最奥なのだと理解させられた。

「ねえ、あれがそうじゃない？」

セレナが柱の中心を指差した。そこには虹色に輝く盾が存在していた。

「あれこそが、天空城へと至るための最後の鍵【幻獣の盾】で間違いありません」

俺たちと、サラ。お互いに求め続けた物が目の前にある。

「取り外すには、今回もセキュリティを解析して解除する必要がありそうですね」

ローラがそう言って、右手の指を動かしやる気をみなぎらせていると、

『侵入者を確認、迎撃モード。殲滅兵器ヴァルキリーを投入します』

例の無感情な声が部屋に響き渡る。


――ゴゴゴゴゴゴゴゴ――


「なっ⁉　揺れてる⁉」

地面が揺れたかと思うと、先の方にぽっかりと穴が開く。ウィーーーンと音が聞こえ、何かがせり上がってきた。

高さ十数メートルの巨大な魔導アーマーがそこに立っていた。

「これは……非常識なガーディアンですね。全身オリハルコン製だなんて、私に対する嫌がらせでしょうか？」

ローラが非常に嫌そうな声を出す。オリハルコンは魔法を弾くので相性が悪いのだろう。

「そもそも、武器だって通じるのか怪しいわよ」

アリスが苦笑いを浮かべる。彼女の持つ剣もオリハルコン製なので同等の金属では攻撃の効果も薄い。

「泣き言を言うなのです！　こいつを倒せば制圧完了。わかりやすいのです！」

逆にマリーは元気十分、やる気満々だ。

「【ゴッドブレス】」

サラとアリシアの支援魔法が皆に飛ぶ。

「セレナ、一緒に戦うわよっ！」

「うん、よろしくねっ！」

ローズが不死鳥に変化し、セレナが弓を構える。

俺も、神剣ボルムンクを構え、シンクロを行い、イビルブレードを構えると……。

「行くぞっ！」

地面を蹴りだし、ヴァルキリーへと向かった。

――ガガガガガガガガガガガガガガガガ――

ヴァルキリーが腕を突き出すと、腕についていた【マジックマシンガン】から弾が撃ち出される。

「【マジックシールド】」

皆の前に、透明な盾が発生し攻撃を弾いた。

「後方の守りは私にお任せください」

魔法攻撃は無駄と判断したのか、ローラは守りに徹しながら、後方から指示を出すことにしたらしい。

「いくわよっ！　【灼熱の矢】」

セレナの指先に橙の炎の矢が発生する。超高温の矢を生み出したのはローズだ。

矢が俺を追い越し、ヴァルキリーの胴体に当たる。


――シュンッ――


「よしっ！　ちゃんと溶けたわね」

ローズが言うように、当たった部分が少し凹み煙がでている。

「この調子であと一万回攻撃すれば倒せるわよ」

「そ、そんなに撃たせるつもりなの⁉」

セレナの動揺した声が聞こえてきた。

「御主人様、こっちものっけから全力でいくのですよ」

マリーが背中に取りつき、力を流し込んできた。

「くっ……きついけど、耐えられない程じゃない」

契約精霊とのパスを通しての魔力の受け渡し。これを使うことで、俺の力を爆発的に跳ね上げることができる。

「くらえっ！」


——ガキッ‼——


「効いてるのです！」

今繰り出せる最強の攻撃なのだ、効果がなかったら困る。

俺が放った一撃は、ヴァルキリーの右足を傷つけた。

「流石はオリハルコン、これだけ力を込めてもあまり傷がつかないとは……」

魔導アーマーには通用していただけにショックを受ける。

「エルト様はそのまま右足を、セレナは胴より上を攻撃してください。お姉様は私と一緒に飛んでくる弾をはじいて、サラとアリシアは守りやすいように固まってください」

頼もしい指示が飛んでくる。先日の魔導アーマー相手の立ち回りに比べ、安定している。

「わかった！」

「任せてっ！」

俺とセレナは返事をすると、散開し、別方向から攻撃を仕掛け続ける。

どれだけの時間、戦闘をしていたのだろうか、ヴァルキリーは徐々に戦闘力を失ってきている。

武器を取り出せば、セレナがそれを超高熱の矢で狙い撃ち、俺は右足に左腕と順番に機能を無効化していった。

動き回って疲労しても、後ろに下がればサラとアリシアから体力回復の魔法を掛けてもらえるし、攻撃が掠めても治癒魔法で治すことができる。

ローラは全体を統率して、こちらの防御に穴ができないように俺たちを動かし、敵の死角を見抜くとそこを狙うように指示を出した。

結果として、とてもではないが一人で倒しきれないはずの敵を、俺たちは徐々に追い詰めている。

今この場には、人類最強の人間が揃っているのだから当然の結果なのかもしれない。

「エルト、もう少しだからね」

アリシアが励ましの言葉を口にする。

「アリス、助かった」

俺が下がる間、ヴァルキリーの攻撃を食い止めてくれていたアリスに礼を言う。

「やっぱり私、まだ力が足りないみたい。これ終わったら特訓付き合ってよね」

「ああ、終わったらな」

未来の明るい話を口にする。

「ちょっと、セレナ！　手を休めずに次を撃つ！」

「ローズ、もう疲れてるの……魔力……休憩……させて」

強制的に矢を撃たされて目をグルグルとさせているセレナ。強引なローズに消極的なセレナと相性は良さそうだ。

「御主人様、いよいよとどめを刺すのですよ」

マリーが俺を持ち上げ、ヴァルキリーより高い位置まで浮かんで停止する。遠距離攻撃をすべて潰されているヴァルキリーにはこちらを攻撃する手段が残されていない。

「これで、とどめだっ！」

マリーがヴァーユトルネードを纏い突っ込む。俺はイビルブレードを突き出すと、身体の中心にある動力源の魔石を貫いた。

『ギガガガガガガガガガー！　ピィーーーーー‼』

ヴァルキリーから変な音がした。続いて「プシュウ」と音がして停止する。

「や、やったの？」

アリスが警戒したまま剣を向ける。

「え、終わった？」

セレナがその場にへたり込んだ。

「まっ、私が戦ったんだから当然よね」

ローズは人型に戻ると腕組みをする。

「も、もう治癒魔法も出せません」

へたり込むアリシア。

「……やはり……が……」

サラが険しい表情を浮かべ、皆を見て何やら呟く。敵の復活を警戒しているのか？

「へへへーん、やったのです。これで今日は宴会なのです。一杯食べて一杯呑むのですよ。天空城は手に入ったも当然なのです」

マリーが俺から離れると、空中で小躍りを始める。

「はしゃぎすぎです、マリー。まだ何かあるかわからないのですよ！」

一瞬嫌な予感がしたが、ローラが水を差すことで致命的な事態を回避できた気がする。

それからしばらく待ってみても、ヴァルキリーは沈黙したままだった。どうやら死んだふりという罠ではないらしい。

「後は盾を入手して……」

そう言っている間に、音がして透明なケースが開き、盾に触れられるようになった。

「マリーが取ってくるのですー」

「…………あっ、よせっ！　ローラの判断を――」

このまま先に確保すべき、俺とローラの一瞬のためらいが明暗を分けた。


――ビー！　ビー！　――


「えっ、何？」

部屋中に音が響き、赤い照明がチカチカと点灯する。

『侵入者に【幻獣の盾】を盗まれました。これより、対象を殲滅します。係員は脱出の魔法陣より離脱ください』

「ちょっと、どういうことよ⁉」

ローズが大声を出し、ローラが走って中央の柱に向かう。

「『気候設定』が『二』五十段階⁉　この室内はマイナス273度になります‼」

「そんなの……生きていられるわけがない」

先日までの極寒ですらマイナス四十度程度だった。そこまで下がるとなると、生命が活動できる領域ではない。

「ちょっと、どうするのよっ！」

ローズが叫ぶ。

「今、やってますから‼」

ローラはおそろしい速さで手を動かし、目まぐるしく顔を動かし文字を読む。

「あった、この職員脱出用の魔法陣、これを起動してやれば……」

次の瞬間、天井から光の柱が降り、七つの魔法陣を形成した。

「これに乗れば、この遺跡から脱出できるはずです」

ローラが振り返る。

「ちょっと、ローラ。七つしか出ていないんだけど……」

アリスが告げる。

「ここにある魔法陣はこれだけしか出せません」

「ちょっと、どきなさいっ！」

「マリーも見るのですっ！」

二人は画面を覗き込み固まる。

「本当……なのです」

「何よこれ……意地が悪いってレベルじゃないわよ」

二人の絶望したような表情がすべてを物語っていた。

『冷気の注入を開始します』

天井から白い霧が噴射されて、急激に寒くなってきた。

「は、早く脱出しないと……」

お互いに顔を見合わせる。誰もがどうしてよいのか、わからないでいた。

この場の八人が理解している、助かることが出来るのは七人しかいないのだということに
……。

「はぁ……どうやら、誰かが犠牲にならなければなりませんね」

溜息が聞こえ、全員そちらに視線を向けた。

「この流れでは、おそらく私が選ばれそうなのですが、それは遠慮させてください」

「う、動けません⁉　何……を……？」

ローラの身体を黄色い光が包み込む。

「申し訳ありませんね、貴女が一番邪魔だと思ったので、ローラ王女」

いつの間にか、サラの手に魔導具が握られていた。

「相手を痺れさせ拘束する魔導具です。もっとも、ローラ王女の魔力抵抗力を考えれば長時間
拘束するのは不可能でしょうけど」

「誰かっ！　サラを止めるのです！」

離脱用魔法陣に近付くサラ。

「させないわよっ！」

アリスはサラを止めるために走り寄った。

「それでは、またお会いしましょう」

だけど、一瞬早くサラは魔法陣に乗って離脱してしまった。


「どうすればいいの？」

その場に沈黙が落ちる。残る魔法陣は六つ、この場にいるのは七人。

アリスの問いかけに、誰も答えを返せなかった。

「私が、残るわ」

「ローズ!?　何を言うのですっ！」

「不死鳥形態の私なら、耐えられる可能性があるし」

「さっきまでの戦闘で、散々力を使ったばかりなのですっ！　そもそも、ローズも邪神の呪いを受けて力を制限されているのです！　耐えられるわけがないのですよっ！」

「それでもっ！　誰かが犠牲にならなきゃいけないじゃない！　私なら、まだ、皆と知り合って日が浅いでしょうっ！」

ローズの手が震えていた。

「それは違うよ、ローズ」

震えているローズの手をそっとセレナが握った。

「知り合って日が浅いとか関係ない。私たちは死力を尽くして一緒に戦った仲間じゃない」

「あ、あんたたち……」

ローズが皆を見て、俺たちも頷く。

「だけど、どうするんですか？」

両腕を抱き、肩を震わせるアリシア。天井から流れてくる冷気でこの場の気温は急激に下がっている。

各々が考える。どうすれば、全員無事生き残ることができるのか。

こうしている間にも、身体が冷え、思考が定まらなくなってくる。このままでは、答えが出る前に凍えてしまう。そんなことを考えていると……。

「私に名案があります」

ローラが笑みを浮かべ、皆に告げた。

「ローラ、だってあなた身体が動かないんじゃ？」

「いいえ、お姉様。今から起こす行動は身体が動かずとも問題ありません」

「それって、どんな案なの？」

起死回生の手を聞きたくて、俺たちはローラに注目した。

「残念ながら、説明している時間はありません。この案は周囲に人がいると巻き込んでしまいますから。皆様には先に離脱していただきたいのです」

「そ……それは……」

アリスが何か言おうとして押し黙る。

「さあ、皆さん。早く離脱してください。このままでは、間に合わなくなってしまいますよ」

「絶対に戻ってくるのですよっ！」

「次は、あんたを酔い潰してやるんだからっ！」

マリーとローズが離脱していく。

「ローラ様、成功を祈ってます」

「足を引っ張りたくないから、先に行くわ」

アリシアとセレナが魔法陣を踏んだ。

「ローラ……」

魔法陣ではなく、ローラに近寄り手を伸ばすアリス。

「私は、誰よりもお姉様を信じております。お姉様は私のことを信じてくださらないのですか？」

「たった一人の妹なのよ、心配するに決まっているじゃないっ‼」

「御安心ください、そんなことよりも今回の危機を、私の機転で切り抜けることになるのですから、エルト様が私になびくことを心配してください」

「もう……馬鹿なんだから」

軽口を叩いて笑みを浮かべ、アリスが魔法陣に消えた。

「さて、エルト様」

最後にローラは俺に話し掛けてきた。

「実のところ、名案なんてないんです」

肌が白くなり、白い吐息を吐きだす。

「ああ、知っていた」

俺がそう答えると、彼女は意外そうな表情を浮かべて驚いた。

「知ってるか、ローラは虚勢を張るとき程、自信満々に振る舞うんだよ」

これでも、彼女とすごした時間はそれなりになる。瞳の揺らぎから真実を察していた。

「エルト様の目は誤魔化せませんね、あなたにだけ告げたのは、天空城に至るまでの今後の行動について、サラを封じ込める方法を話しておこうと思ったからです」

残る時間で、できる限りを伝えるとばかりに、ローラは俺に告げた。

「その話を今は聞けないな」

「エルト様、私を困らせないでください。あなたと言う英雄がいるから……いえ、あなたに惚れたからこそすべてを託す覚悟を決めたのですよ」

既に気温がマイナスまで落ちていて、身体が凍っているローラ。サラの魔導具関係なしに身動きが取れない状態になっている。

俺は、そんな彼女に近付き、抱き上げる。

「何……を？」

この常軌を逸した寒さの中動く俺を見て、ローラが眉をほんの僅かに動かし驚いた。

「実は、俺にはここを切り抜ける名案があるんだ」

唯一稼働している魔法陣に彼女を運ぶ。

「嘘……ですよね？」

俺は魔法陣に彼女をおろすと、

「俺はお前の英雄なんだろ？　だったら、俺を信じてくれ」

そう言って笑って見せる。

「もう、こんな時にもときめかせないでください。身体が熱くなってきました」

「それは良かった」

「絶対に、生きて戻ってきてくださいね」

「任せておけって」

次の瞬間、ローラが転移した。

視界のほとんどが白で埋まる。身体の外側が凍り付くのを感じると……。

「さて、賭けに出るとするか」

俺は目を閉じると、先程から維持してるスキルの威力を全力以上に上げるのだった。

★

転移魔法陣で脱出した場所は平原だった。

アリスたちは、目の前にいる人物を睨みつけていた。

「……よくも、そこにいられたものね」

これまでにない程、怒気をみなぎらせたアリスは、今にも剣を抜かんとばかりにサラを睨みつけた。

「私を責める資格があると、本気で思われているのですか？」

「何ですって⁉」

「確かに、私はいち早く離脱しましたけど、あなた方だってこうしてここにいるではありませんか。自分たちも見捨てて離脱したくせに、一方的に責めるのはお門違いではないかと」

「そ、それは……」

サラの言葉に、誰一人として言い返す言葉がなかった。

「ううう、エルト……どうして、約束したのに……」

アリシアが伏せて涙を流している。邪神の生贄の際にも、彼女は同様の喪失感を体験している。

いくらエルトでも、今度ばかりは無事では済まない。そう覚悟すら決められない。

「ちょっと、一体どうなっているのよ？」

「どうもこうも、御主人様と連絡がつかないのでわからないのです」

「でも、連絡がつかないってだけで、パスは生きてるんでしょう？」

ローズとマリーが言い争い、セレナが確認をする。この状況になって半日が経つのだが、エルトは反応こそないが、マリーと繋がっているので死んではいない。

サラは、そんな光景をつまらなそうに見ると、ふとローラの姿を気に留めた。

「貴方は、随分と冷静なのですね。ローラ王女」

凍死寸前の状態から転移してきた彼女は、エルトが残ったという事情を皆に説明した。自身に解決策などなく、死ぬつもりだったことを告げると、アリスに頬を叩かれてしまい、現在は頬を赤くしている。

そんな彼女だからこそ、会話に加わることなく、ただじっとそこに佇んでいる。

「一つ聞かせてください」

「何ですか？」

サラはそんなローラが気になり質問をする。

「私は、貴女を嵌めて殺そうとしたのですよ。どうして恨み言の一つも言わないのですか？」

サラは魔導具をもちいてローラが身動きできないようにした。彼女がそこを責めてこないのは不自然と感じた。

「ああ、そのことですか……、それなら私には責める資格がないからですね」

「どういうことですか？」

ここにきて、サラは目の前の少女に興味を引き付けられる。

「もし、あの場で私を拘束しなかった場合、私がサラの動きを止め……いえ、殺していたでしょうから」

その言葉と、向けられる視線にぞっとする。

「同じように、互いの犠牲を前提に動いていたのですから、責める資格はないと思いませんか？」

こともなげに、自分を殺す計画を頭の中で描いていたと告げて見せるローラに、サラは背筋に汗が伝うのを感じた。

「あなたこそ、どうしてこの場に留まっていたのですか？」

アリスやセレナ、それにマリーに殺されるとは考えなかったのだろうか？

ローラはサラの真意を問うため、瞳をじっと覗き込んだ。

「私には、後ろ盾も仲間もおりませんからね、本来であれば、あなたの動きを封じ、始末していたはず。このチームの頭脳である貴女さえ消してしまえば、言葉巧みに誘導してどうにかなるとも考えてましたから」

サラは誰を犠牲にするか見届けるつもりだった。

これまでの遺跡探索で、すべてをコントロールしていたのはローラだった。彼女がいなければ、天空城の位置や起動方法、彼らを導ける者はいなくなる。付け入る隙はいくらでもあると考えていた。

「なるほど、私のことを随分と高くかっていただいていたのですね」

その説明に、ローラは納得した。

「私が落ち着いているのは、彼が最後に笑ってくれてからです」

「笑った？」

「ええ、彼を残して転移しなければならない私を安心させるように、自分が死ぬかもしれないというのに彼は笑ったのです」

サラはまじまじとローラを見る。先程までの理路整然としていた彼女らしからぬ発言に困惑した。

「彼なら、私が信じた英雄なら、あのくらいの窮地を切り抜けてくれる。ローラはそう信じているのです」

「なるほど、あなたのエルトさんへの信頼はわかりました。ですが、エルトさんのあなたへの信頼はどうでしょうか？」

「これまで、私たちは様々な困難を共に乗り越えてきました。この絆をあなたがどうにかできるとでも？」

ローラの言葉に、サラは告げる。

「ええ、できると思います。何せ、あなたはエルト様にとって──」


『──両親の仇なのですから』


サラの言葉にローラはこれまでで最大の動揺をした。

「な……何を……唐突に？」

ローラが混乱する中、マリーの声が響く。

「御主人様の反応があったのです!!!!!!」

それは、エルトが無事だという吉報だった。

エピローグ

「皆には心配をかけたな」

あれから、どうにか遺跡を脱出したエルトと、他のメンバーは合流した。

「助かる方法があったのなら先に言ってよね。心配しすぎて死ぬかと思ったわよ」

「悪かったよ」

アリスに睨めつけられ、エルトは頬を掻いて気まずそうに笑った。

「それにしても、エルトの発想が凄いわよね」

セレナはエルトを見ると呆れた表情を浮かべた。

「まさか、シンクロで冷気と一体化して凌ぐなんて、よくあの土壇場で考えついたよね」

アリシアが同意する。今回、エルトが生き延びるために使用したスキルはシンクロだった。

以前、エルトがデーモンロードと戦った際、デーモンロードは聖属性とシンクロして攻撃を無効化していた。

エルトも、特訓でシンクロを扱えるようになってからは、徐々にできることを増やし、ヴァーユトルネードと同調したり、イビルビームを剣に纏わせるなどのアレンジをしてみせていた。

その経験から、もしかすると冷気でも同調可能なのではないかと考えたのだ。

「皆、この男に騙されないことね」

ローズがエルトを睨みつける。

「どういうことよ、ローズ」

「デーモンロードのユニークスキル【シンクロ】は、確かに強力なスキルだけど、制御が難しいのよ。たとえ発動できたとしても、それをずっと維持するのはきついに決まっている。力尽きて死ぬ可能性は十分にあったわ」

確かにエルトはシンクロを使えるようにはなったが、長時間維持した経験もなければ、身を曝せば即死するような条件下で使用したことがない。

ぶっつけ本番で試したので、生き残れる確率は半々だった。

「ま、まあいいじゃないか……何にせよ、無事だったんだからさ」

それを見破られ、周囲の視線が冷たく突き刺さるのだが、先程まで散々説教をしたので、皆疲れ果てていた。

「それにしても、これでサラを逃がさなければ完璧だったのにね……」

「仕方ないわよ、私たちもエルトの生存を聞いて意識を逸らしちゃったし」

その場に留まっていたサラだったが、エルトの生存報告を聞くといつの間にか姿を消してしまっていた。

「とにかく、これで天空城の鍵をコンプリートなのです」

マリーが元気に両腕を伸ばすと、

「あら、それは無理よ」

ローズがその発言に水を差した。

「気付いてなかったの？」

そう告げるローズの腕に【生命の腕輪】はなかった。

「どうして⁉」

アリシアが驚き声を上げる。

「元々、デーモンロードから【生命の腕輪】を奪ったのはサラよ。サラは、あなたたちを撹乱するために私にそれをあずけていただけだし」

天空城の鍵争奪の際、サラはエルトたちを惑わすため、転移魔法陣がある古代文明の遺跡を利用したり、不死鳥状態のローズに持たせて場所を絞れなくしていた。

さらに、自分が所有するわけでなく、ローズに装備させることで所有者を誤認させていたというわけだ。

「あーもうっ！　最後にサラにしてやられたわね」

「引っかかるなんて、ローラは間抜けなのです」

「それ、見抜けなかったマリーが言っても滑稽なんだけど」

アリスとマリーとローズが騒がしくしている。

「ねえ、いつまでもこんな場所にいても仕方ないし、街に戻ろうよ」

「そうね、しばらくは暑いのも寒いのもこりごりよ」

アリシアとセレナが早く休みたいと訴えていた。

「ローラ？」

エルトは先程からまったく会話に参加しない彼女に声を掛ける。

「大丈夫なのか、顔が青いけど？」

氷点下の環境にいたため体調を崩したのかと心配したエルトだが、彼女はエルトから意図的に目を逸らすと……。

「……はい」

心ここにあらずといった様子で歩き出してしまった。

その態度が気になるのだが、

「御主人様、はやくはやくなのです！　酒池肉林の宴を実行するのですよ」

「ったく、マリーはいつも通りだな」

声を掛けてくるマリーに苦笑いを浮かべると、エルトは皆に合流する。

その場から全員が立ち去る様子をサラは最初から最後までじっと観察していた。

「これで終わりではありません。彼らはきっとこの先……」

最後にサラが呟く、

「……互いに憎しみあうことになるでしょうから」

その右腕には【生命の腕輪】が輝いていた。

本書に対するご意見、ご感想をお寄せください。

あて先

〒162-8540 東京都新宿区東五軒町3-28
双葉社　モンスター文庫編集部
「まるせい先生」係／「チワワ丸先生」係
もしくは monster@futabasha.co.jp まで

生《いけ》贄《にえ》になった俺《おれ》が、なぜか邪《じゃ》神《しん》を滅《ほろ》ぼしてしまった件《けん》④

2022年12月31日　第1刷発行

著者　まるせい

発行者　島野浩二

発行所　株式会社双葉社
〒162-8540
東京都新宿区東五軒町3-28
電話　03-5261-4818（営業）
03-5261-4851（編集）
http://www.futabasha.co.jp
（双葉社の書籍・コミック・ムックが買えます）

印刷・製本所　三晃印刷株式会社

フォーマットデザイン　ムシカゴグラフィクス

ISBN978-4-575-75320-2　C0193
Printed in Japan

Mま02-05

極点の炎魔術師
～ファイアボールしか使えないけど、モテたい一心で最強になりました～
vol.1
シクラメン
画 ミユキルリア
“最強”を目指す貴族の一族に生まれたイグニ。彼は12歳の誕生日に行われた『適正の儀』にて、初級魔法のファイヤボールしか使えないことが明らかになり、実家から追放されてしまう。町で虐げられながら生活するイグニだったが、かつて“極点”と呼ばれ、最強の一角だった祖父と再会したことで、彼の運命が変わる！　“モテたい”一心で、最強に至った少年による学園マジックファンタジー、ここに開幕！
モンスター文庫